共和国故事

汽车摇篮

——长春第一汽车制造厂开工建设

郑明武 编写

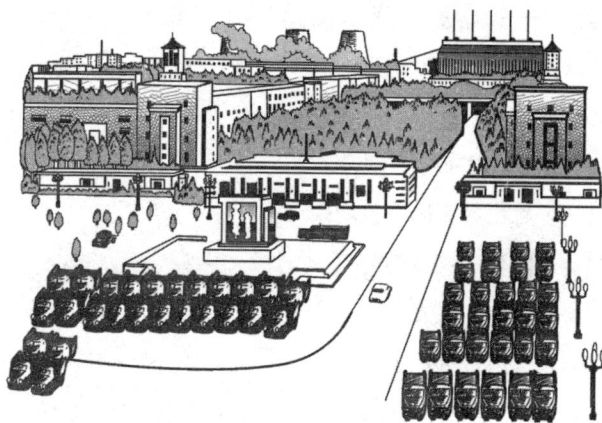

吉林出版集团股份有限公司

图书在版编目（CIP）数据

汽车摇篮：长春第一汽车制造厂开工建设/郑明武编. —

长春：吉林出版集团股份有限公司，2009.12

（共和国故事）

ISBN 978-7-5463-1872-1

Ⅰ．①汽… Ⅱ．①郑… Ⅲ．①纪实文学 – 中国 – 当代 Ⅳ．①I25

中国版本图书馆 CIP 数据核字（2009）第 237787 号

汽车摇篮——长春第一汽车制造厂开工建设

QICHE YAOLAN　　CHANGCHUN DI YI QICHE ZHIZAO CHANG KAIGONG JIANSHE

编写　郑明武

责任编辑　祖航　李娇　王贝尔

出版发行　吉林出版集团股份有限公司

印刷　三河市嵩川印刷有限公司

版次　2010 年 1 月第 1 版　　　　2022 年 1 月第 8 次印刷

开本　710mm×1000mm　1/16　　　印张　8　字数　69 千

书号　ISBN 978-7-5463-1872-1　　定价　29.80 元

社址　吉林省长春市福祉大路 5788 号

电话　0431 – 81629968

电子邮箱　tuzi8818@126.com

版权所有　翻印必究

如有印装质量问题，请寄本社退换

前　言

　　自 1949 年 10 月 1 日中华人民共和国成立至今,新中国已走过了 60 年的风雨历程。历史是一面镜子,我们可以从多视角、多侧面对其进行解读。然而有一点是可以肯定的,那就是,半个多世纪以来,在中国共产党的领导下,中国的政治、经济、军事、外交、文化、教育、科技、社会、民生等领域,都发生了深刻的变化,中国人民站起来了,中华民族已屹立于世界民族之林。

　　60 年是短暂的,但这 60 年带给中国的却是极不平凡的。60 年的神州大地经历了沧桑巨变。从开国大典到 60 年国庆盛典,从经济战线上的三大战役到经济总量居世界第三位,从对农业、手工业、资本主义工商业的三大改造到社会主义市场经济体制的基本确立,从宜将剩勇追穷寇到建立了强大的国防军,从废除一切不平等条约到独立自主的和平外交政策,从"双百"方针到体制改革后的文化事业欣欣向荣,从扫除文盲到实施科教兴国战略建设新型国家,从翻身解放到实现小康社会,凡此种种,中国人民在每个领域无不留下发展的足迹,写就不朽的诗篇。

　　60 年的时间在历史的长河中可谓沧海一粟。其间究竟发生了些什么,怎样发生的,过程怎样,结果如何,却非人人都清楚知道的。对此,亲身经历者或可鲜活如昨,但对后来者来说却可能只是一个概念，对某段历史的记忆影像或不存在，或是模糊的。基于此，为了让年轻人，特别是青少年永远铭记共和国这段不朽的历史，我们推出了这套《共和国故事》。

《共和国故事》虽为故事，但却与戏说无关，我们不过是想借助通俗、富于感染力的文字记录这段历史。在丛书的谋篇布局上，我们尽量选取各个时代具有代表性或深具普遍意义的若干事件加以叙述，使其能反映共和国发展的全景和脉络。为了使题目的设置不至于因大而空，我们着眼于每一重大历史事件的缘起、过程、结局、时间、地点、人物等，抓住点滴和些许小事，力求通透。

历史是复杂的，事态的发展因素也是多方面的。由于叙述者的视角、文化构成不同，对事件的认知或有不足，但这不会影响我们对整个历史事件的判断和思考，至于它能否清晰地表达出我们编辑这套书的本意，那只能交给读者去评判了。

这套丛书可谓是一部书写红色记忆的读物，它对于了解共和国的历史、中国共产党的英明领导和中国人民的伟大实践都是不可或缺的。同时，这套丛书又是一套普及性读物，既针对重点阅读人群，也适宜在全民中推广。相信它必将在我国开展的全民阅读活动中发挥大的作用，成为装备中小学图书馆、农家书屋、社区书屋、机关及企事业单位职工图书室、连队图书室等的重点选择对象。

编　者
2010 年 1 月

一、 筹建规划

● 毛泽东充满期望地对随行的同志说："我们也要有这样的大工厂。"

● 刘鼎高兴地说："现在形势发展比你估计得要快，我们有一定的工业基础，国民经济需要汽车，你提个意见吧！"

中央决定建立汽车厂

1949 年 12 月，中华人民共和国刚刚成立两个多月，中央人民政府主席毛泽东前往苏联访问，与苏方商讨两国大计。

访苏期间，毛泽东和斯大林就《中苏友好互助同盟条约》的签订与苏联援助中国建设一批重点工业项目，进行了会谈。

访问期间，毛泽东一行还参观了工厂、学校和集体农庄。

在参观斯大林汽车厂时，那一座座高大的厂房，一辆辆驶下装配线的汽车，给毛泽东留下了深刻的印象。他充满期望地对随行的同志说："我们也要有这样的工厂。"

在中苏双方商谈工业建设项目时，苏方领导人建议中国尽快建设一座综合性的汽车制造厂，像斯大林汽车厂那样。

同时，苏方还表示斯大林汽车厂有什么样的设备，中国就该有什么样的设备；斯大林汽车厂有什么样的水平，中国的汽车厂就要有什么样的水平。

1950 年 1 月，毛泽东、周恩来在莫斯科同苏方领导人商定，由苏联援助中国建设一座现代化的载货汽车制造厂。

2月14日，中苏两国政府签订了《中苏友好互助同盟条约》，确定了一批苏联援助中国建设的重点工业项目。1950年为第一批，共50项，其中包括建设汽车厂项目。

随后，第一汽车制造厂的建设列入第一个五年计划，成为156项重点工业建设项目之一。

当时，毛泽东、周恩来等党和国家领导人，对建立自己的汽车厂的愿望十分迫切。

因为新生的共和国没有自己的汽车工业，各种汽车全部依赖进口，马路上跑的车全是进口汽车，被人戏称为"万国汽车博览会"。

面对重工业如此落后的局面，毛泽东说了一句意味深长的话：

　　现在我们能造什么？能造桌子、椅子，能造茶壶、茶碗，能种粮食，还能磨成面粉，还能造纸，但是，一辆汽车、一架飞机、一辆坦克、一辆拖拉机都不能制造。

要建设社会主义新中国，尽快改变我国农业国的地位，尽早建立我国的重工业基础，就成了新中国建设的当务之急。

在考虑派谁去主持重工业部的工作时，中央当时考

筹建规划

虑了许多人选，都因为这样或那样的问题而不满意。

最后，毛泽东在拍板时说："何长工有那么一股干劲，在东北军工部干得不错，有贡献，就由他任副部长。"

于是，中央决定任命陈云去担任重工业部部长，由何长工任第一副部长。

陈云当时是政务院副总理、中央财政委员会主任，全面抓经济建设，忙得不可开交。他就请示中央，由何长工以代部长的名义进行工作，领导重工业部的工作实际上就落在何长工肩上。

同时，任重工业部副部长的还有刘鼎、钟林。

"中苏条约"签订后，中国便积极地开始了筹建自己的汽车厂的工作。

汽车工业筹备组成立

1950年1月10日，重工业部副部长刘鼎把孟少农叫去，谈着手筹建汽车工业的事。

当时，孟少农是重工业部计划司里的一名工作人员，他对此事完全没有思想准备，以为至少还要等经济恢复几年后才有条件搞汽车工业。

刘鼎高兴地说："现在形势发展比你估计得要快，我们有一定的工业基础，国民经济需要汽车，你提个意见吧！"

与此同时，刘鼎还找了重工业部专家办公室主任郭力谈话，据郭力之女郭栖栗回忆：

> 1950年3月的一天，我印象特别深。那晚父亲下班一进门，母亲就发现了异常：一向沉稳的父亲，满脸都是掩饰不住的兴奋和喜悦。
>
> "我要去搞汽车了。"父亲打破了在家几乎不谈工作的惯例，让母亲感到有些意外。
>
> 父亲说："刘鼎同志说我是学工的，又懂俄文，希望我去搞汽车。"
>
> 这项任务让父亲不能不兴奋，因为这个项目的建成，将意味着中国不能制造汽车历史的

结束。

1950年3月27日，中央重工业部宣布建立汽车工业筹备组，由郭力任主任，副主任有孟少农、胡云芳，成员有胡亮、陆孝宽、郑秉衡、赵苏、吴式锋、郑毅、曹新、乔静娟等同志，全组共11人，在灯市口西口的原工程师学会会址内办公。

当时，汽车筹备组不仅管汽车，还兼管坦克、轴承、航空工业。

最早的人员中，一部分是从晋察冀的干部中调来的，包括胡亮、吴彦儒等；一部分是进城后新参加工作的知识分子，包括吴敬业、王玉京、张致中等；还有一批老工人，包括马浩然等同志；一批青年，如冯银玉、王环等同志。

筹备组成立前后，首先开展的工作是开了两个专门的会议。

2月22日至5月23日，中央人民政府重工业部召开全国机器工业会议。

此次会议确定：利用现有的机器装备、工人和技术干部，加上必要的新制机器和最低限度的进口机器，在东北和关内建设若干新的工厂，逐步壮大机器工业的基本力量。

第二个是从8月2日至7日召开的汽车工业会议。

两个会议交换了各地的情况，酝酿了恢复生产和发展的方向，最后确定：先恢复后建设、先前方后后方、先关外后关内的方针。

此时，除召开两次会议外，筹备组的主要工作是调查研究，收集过去有关汽车和汽车工业的情况，作为制定建设汽车工业计划的基础。

孟少农等人先后看过北到哈尔滨、南到昆明、西到重庆、东到上海，由以前日伪和国民党官僚资本家遗留下来的汽车修配工业。

经过一段时间的调查，筹备组很快就弄清了国民党留下来的汽车家底：

> 1949年解放时，全国汽车保有量大约10万辆，以美国的各种军用汽车和轿车为主，此外还有一些陈旧的"木炭车"。为了维持这些汽车运行，我国建了一些汽车修理及配件厂。

随着与苏联谈判的顺利进行，为汽车工业集结和培养技术骨干，成了筹备组的头等大事。

1950年7月，汽车筹备组在北京南池子76号建立了一个汽车实验室。这是新中国第一个汽车研究设计部门，它为当时技术干部的培训立下了汗马功劳。

当时的汽车实验室很简陋，大多是车、钻、刨、铣机加工设备，最高级的是3台美制格里申伞齿轮加工机床。尽管这样，这里却培育了一批懂汽车的知名专家。

很多人，尤其是一些大学生，就是在这里开始了自己了解汽车结构和功能的实践。

在所有培训课程中，汽车拆装是大家公认的效率高、收获大、印象深的课。被拆装的两辆汽车是苏联生产的吉斯150和美国生产的中吉普。

当时采用的培训方式是：在老师的指导下，拆完车的总成后，大家交流总结，再拆成零件，清洗干净，了解其作用和功能，然后重新装配调整，恢复原车，直至能够开动。完成后，由司机用拆装后的中吉普教练开车，每人一次，每次一刻钟，最后还做钻杆尝试。

经过这样的学习和培训，来自五湖四海，由具有不同经历的各类干部组成的汽车工业建设大军的素质大大提高。

汽车实验室不仅起到了人才储备库的作用，后来还发展成汽车拖拉机研究所，进一步又派生为汽车研究所及拖拉机研究所。这个实验室为国内自建的汽车厂设计研制了军用吉普车，轻、重型载重车，军用越野车，大客车，军用柴油机等产品，并在北京、南京、济南、上海、杭州等地投产，至今仍为汽车及拖拉机工业的主要产品科研机构。

1950年9月，汽车筹备组人员已增加到近200人，下设计划、经营、训练等科室，并且还有了一个直属企业——天津汽车制配厂。

面对着办公人员的日益增多，汽车工业筹备组就用

一千匹五幅布在鼓楼东扁担厂买了一栋湖北军阀肖耀南后代的旧房，作为筹备组的办公新址。

就这样，汽车筹备组终于有了自己的家：鼓楼大街东扁担厂乙一号。

当时，大家开玩笑地说："扁担厂没出扁担，倒成了新中国汽车工业的发源地。"

苏联斯大林汽车厂的总设计师斯莫林等专家，也和筹备组一起搬了进去。

不久，由沃罗涅斯基和基涅谢夫二人组成的苏联汽车厂设计专家组来到北京。

专家组是根据毛主席与斯大林同志签订的协议，来中国援建汽车厂的。

从那时起，就在这样的基础上，新中国的汽车工业起步了，转入具体建设第一汽车厂的准备阶段。

筹建规划

筹备组决定在长春建厂

1950 年 4 月，重工业部成立了汽车工业筹备组。成立后，筹备组就积极开始酝酿汽车厂建设方案。

1950 年 7 月，筹备组开始为新中国第一座汽车厂选择厂址。

在当时，我国还是一个落后的农业国，工业化起点低，重工业占工业总产值比重只有三分之一，且大部分在沿海。

为改变旧中国形成的工业过分偏于沿海的不合理布局，筹备组决定汽车厂的选址在内地进行。我国幅员广阔，选择厂址要考虑原料、交通、工业和地理等各方面条件。

于是，筹备组先后派工作组到北京、石家庄、太原、太谷、平遥、祁县、西安、宝鸡、湘潭和株洲等 10 多个城市和区域作调查，征求当地政府意见，并勘测多处。

经过工作人员的辛苦调研，最终得出结论：平遥地面水位过高，石家庄和湘潭工业条件欠缺，西安建厂存在电力、木材、运输等问题，只有北京可供选择。

12 月 28 日，政务院财经委计划局在北京召开会议，听取选厂址的汇报。

在会上，很多同志都认为在北京、沈阳、武汉、包头四地区选择厂址较为适合。

会议对北京、武汉两地做了较详细的分析比较，认为北京西部较适合建设汽车厂，后经综合考虑北京也不适合建设大型汽车厂，因为北京的钢材供应是一个不容易解决的难题。

与此同时，苏联汽车拖拉机工业部委派的工厂设计专家小组总设计师沃罗涅斯基、设计师基涅谢夫到达北京。

沃罗涅斯基等苏联专家是根据毛泽东和斯大林签订的条约，来中国援建汽车厂的。他们同时还带来了苏联援助中国建设汽车厂的协议。

苏联汽车拖拉机工业部的建设目标是年产 3 万辆吉斯 150 型载货汽车的完整汽车厂。

当时，苏联专家计划在三个月内了解中国汽车工业情况，选定厂址，收集设计资料，拟任务书，完成厂址初步测量与工程地质勘探。

根据苏联专家提出的大纲，筹备组组织力量，调查勘测和收集进行工厂设计所需的全部技术资料。其中包括：当地的气候、地形、地质、水文、交通运输、资源、动力、城市建设、文化教育、医疗卫生、工业和农业基础、生产及基建材料来源等。

经过讨论，最后确定，从电力、钢铁、木材、动力等各方面条件来看，新中国的第一座汽车制造厂只能够设在条件比较好的东北。

1951 年 1 月 18 日晚，中财委由陈云同志主持，听取了重工业部关于建设汽车厂的汇报。

参加者还有陈郁、滕代远等四五位部长，由刘鼎副部长和孟少农做汇报。

最后，陈云同志作出决定：

> 建设目标同意苏方的意见；厂址定在东北，在四平至长春之间选择；建设开始期定为 1953 年，一次建成；协作配套问题由有关部门解决。

会后，由重工业部起草了决定文件，由中财委下达。

而后根据胡亮同志去东北预选厂址的结果，汽车筹备组与专家们研究，初步决定以长春为主要目标。

春节前，孟少农陪同专家去长春。

到达长春市后，长春市由建设局局长宋均出面与孟少农等人联系。

当时长春市的战争破坏尚未恢复，全市只有两辆吉普，全部提供给孟少农等人使用。

考察中，孟少农等人看了铁路西边，发现地势很好，空旷，而且有几十平方米的破损的楼房，道路、上下水、供电条件都好，只是当时有一个军事仓库占据了大片面积，名称叫"饮河部队"。

专家们看了回来，晚上在地图上摆了两个方案，第二天又去看过，认为可以定下一个，很满意。

孟少农与宋均同志谈定，于 1951 年 2 月 22 日交换了
协议，就和专家回京。

　　在当时，东北地区资源丰富、交通发达。而长春位
于东北三省的中心，工业基础较为雄厚，根据周恩来的
指示和东北的交通、经济发展水平与水、电的供应情况，
于是，陈云同志最终决定，一汽定于长春兴建。

　　1951 年 3 月 19 日，政务院财经委员会正式下文批
准，第一汽车厂厂址定在长春孟家屯。

一汽建厂领导班子成立

1951 年 3 月 19 日，一汽厂址确定后，一汽的设计由苏联汽车工业部委托全苏汽车工业设计院设计，分为初步、技术和施工图三个阶段。

1951 年 12 月，初步设计完成。

在苏联把设计资料交给中方时，这么多重要的设计资料交给中方，既无什么仪式，也不要繁杂的交接手续，连收条都没有。那时中苏双方之间是友好的、是相互信任的。

接到资料后，当时在苏联兼任一汽代表的陈祖涛，把厚厚的几十本设计书和图纸装入外交邮袋，以外交部信使的身份，搭乘飞机直接送到北京汽车筹备组。

1952 年 1 月下旬，汽车筹备组完成了苏方初步设计的翻译、审核工作。

同年 3 月底，陈云同志召集中央各相关部委的领导开会，对苏方的初步设计进行了审查。

会议几乎没什么讨论，审查就通过了。

有了设计资料后，各项工作就可以全面展开了，当时在展开各项工作前，最需要解决的是新的一汽领导班子问题。

1952 年 7 月，中央任命郭力为六五二厂厂长，即现在的第一汽车制造厂厂长。

郭力是一汽的重要缔造者之一，早年就读于哈尔滨工业大学，1933 年参加共产党。抗战时就在我军工生产系统担任领导工作，中华人民共和国成立后又在重工业部任重要职务，1950 年初受命任国家汽车工业筹备组主任。

中央此次任命时，郭力已经完成了许多建厂的前期工作，此时中央任命郭力为厂长，是顺理成章的。同时，郭力也是完全可以胜任的。

郭力到达长春汽车厂建设现场时，整个厂区还是荒野一片，只有日本细菌工厂和几座建筑物的残垣断壁，间夹着稀疏的农家茅舍。

为了保证集结施工力量时职工有地方办公，有地方居住，郭力果断地采取自营与外包并进的办法，组织修复了准备作建厂指挥中心用的 875 大楼，用作医院的白楼。此处还有供干部和工人居住的四联、孟家屯宿舍，以及准备培训技术工人和训练干部的黄楼、灰楼。

在长春市的大力支持下，郭力又开始铺设铁路侧线，接收需要的企业。

尽管郭力当时在工作中大刀阔斧，但他心中并不轻松。

此时，郭力深深感觉到人生地不熟及其他方面的问题给工作带来的不便。

终于有一天，郭力向中央同志说出了自己的想法：

打算请一位熟悉东北情况的人当厂长，自己当副手。

面对别人的质疑，郭力后来解释说："汽车厂地处东北，应当有一位熟悉东北情况，资格老一点、位置高一点的同志来当厂长，这样更有利于调动地方民众的积极性支持我们。汽车厂要三年建成投产，时间有限，基建必须和生产同步进行。"

接着，郭力还耐心地补充道："工厂由苏联援建，我必须尽快带队到苏联去，审查、熟悉工厂组织设计，请专家到工厂来，派实习生去苏联，现场指挥、组织生产，这是我们需要的。"

当时是建国初期，干部紧缺，懂技术、会外语的干部更是有限。

为此，郭力亲自去沈阳，去北京，当面向东北局、党中央提出请调厂长的申请数次，恳切请求中央选派一位熟悉东北情况、水平高、能力强的同志来担任厂长，自己保证当好助手。同时，郭力还提出两位供组织考虑的人选名单，其中就有饶斌同志。

经郭力的一再要求，中央最终接受了他的申请，选派饶斌同志来当厂长，郭力同志改任第一副厂长兼总工程师。

饶斌十年内战期间就参加了地下党，抗战时担任过地委书记、省委秘书长，解放战争时曾担任过哈尔滨市市长、省委副书记、副省长等党政要职。

同时，饶斌是一位不断进取，埋头实干，追求真知，渴望干一番事业，善于开创新局面的领导干部。

当时，正在东北计委工作的饶斌，十分羡慕那些在基层实实在在做事的同志，又被新中国第一个规模宏大的现代化汽车制造厂所吸引，希望能来这里学点东西，好为今后的工作打点基础。

接到郭力的邀请后，饶斌也积极地向组织上提出了申请。

东北局同意后，饶斌的申请被报到中央。

为此，中央专门召开中央政治局会议，讨论第一汽车厂厂长人选问题。

在会上，毛泽东风趣地问道："饶斌就是在哈尔滨市当过市长的那个白面书生吗？"

时任一机部副部长的段君毅回答："是。"

毛主席又问："他厉害吗？"

此时，毛泽东说的"厉害"，意即统率千军万马从事大规模经济建设的魄力能力。

熟悉饶斌同志的政治局委员回答："还可以。"

就这样，任命被通过了。

显然，他们二人的工作变动是"两厢情愿""不谋而合"的，郭力同志是主动邀请，饶斌同志是自告奋勇。中央的任命，满足了郭力、饶斌两位同志的愿望。

当郭力得知上级同意了他的请求，并派来当过哈尔滨市市长、松江省（后来大部分划入黑龙江省）副主席的饶斌前来接替他的工作时，他非常高兴，并派了江华同志前往沈阳迎接。

这就是有名的"当着厂长找厂长"，主动让贤的故事。后来的事实，也证明了这一决定对一汽和中国汽车工业有着深远的意义。

1953年初的一天，郭力找来新调来负责人事的江华，交代说："你到沈阳，除了请调干部外，还有一项重要任务，就是迎接饶斌厂长。要向饶厂长汇报这里的工作情况，并请饶厂长早日来厂。同时希望他夫人张矛同志也来厂工作。她革命资历很深，又在哈尔滨亚麻厂工作过，我们厂很需要她这样的人。干什么工作，尊重她个人的意见。"

郭力看出江华有点茫然不解，他时而坐着，时而站起缓踱着步，说了很长一段发自肺腑的话："中央任命饶斌同志为厂长，确实是'天时、地利、人和'都顺。所谓'天时'，就是我们厂正处在建厂的关键时刻，很需要强有力的人来加强领导，这方面饶斌同志比我强。他对中央及东北局的一些领导同志都熟悉，对解决我们建厂中的困难非常有利。"

接着又说道："所谓'地利'，是因为饶厂长是个'老东北'，在东北工作多年，而我们建厂离不开地方的支持，如抽调干部，招收工人，解决征地、修路以及职工的吃住等问题，都要和地方打交道。这方面我也不如饶斌同志。"

郭力微笑了一下，接着说道："所谓'人和'嘛，是因为我们厂将有一支来自五湖四海的庞大队伍，需要饶厂长这样水平更高、能力更强的人来带领这个队伍。另外，我们还要和苏联谈判，要聘请几百个苏联专家。我虽然懂俄语，但在处理国际事务方面不如饶斌同志有经验。"

最后，郭力提醒江华："我谈的这些是心里话，都是实际情况。你快去，就说我请他快点来。"

饶斌来厂后，就与郭力和党委书记赵明新等同志为核心，组建了一个坚强有力的领导指挥班子，并逐渐建立了一支浩浩荡荡的汽车工业大军和野战军般的建筑安装大军，紧张有序而又热火朝天地展开了施工安装工程和错综复杂、千头万绪，牵连到中苏两国生产准备的工作。

在工作中，饶斌、郭力二人分工合作，配合默契，相处融洽，相得益彰。

饶斌同志统率全局狠抓当前，关注长远，突出关键。作为中央批准的建设委员会主任和建筑公司总经理，他统率甲、乙双方，初期重点抓工程开工、设备安装，后来又重点抓开工生产和企业管理等基础建设的大事。

郭力同志则侧重于甲方的工作，如生产准备，工厂规划，产品设计，工艺制定，平面布置，原材料生产定点，配套协作件的定点和试制，工装制造，设备订货，人员组建培训，出国实习生的选配派遣，苏联专家的聘请安排，大量俄文资料的翻译等等。

郭力十分尊重饶斌同志，他维护饶斌同志的核心领导，认真配合饶斌同志，并自觉地担负起工厂的日常工作管理和自己分工的各项工作。他创造条件使饶斌可以思考重大问题，抓远景规划和重点关键项目。

作为第一责任人，饶斌同志对助手们充分信任，让他们放手工作，并大力支持，使他们有职有权，必要时又亲自出面帮助他们。所以在紧急困难时刻，常可以看到饶斌、郭力同时出现。

当时，协作件生产与原材料生产定点一度碰到严重困难，成了出车的主要障碍。饶斌同志就亲自召集职能部门人员研究指导，还请工会和青年团组织文艺小分队，到兄弟单位慰问感谢，并派内行前去帮助。经一个时期的努力，局面打开了，保证了开工投产的进度。

正是有了团结有力的领导团队，才顺利地保障了三年建成一汽目标的实现。

中央决定三年建成一汽

1953 年 1 月，为了创建、发展新中国的汽车、拖拉机工业，第一机械工业部将原重工业部汽车工业筹备组，改为汽车工业管理局，并任命张逢时为第一任局长。

在当时，国家计划四年建成一汽，而主持国家计委工作的部分同志认为太快了，没有可能实现，提出应再推迟一些时间。

1953 年初春，张逢时到长春检查一汽建厂的筹备工作。

当时，四年建厂的年进度还未落实，施工的图纸还不完备，预制工厂还未建起来，一汽机构的架子基本上还未搭起来，关于用多久建成一汽还不能拿出确切的时间。

3 月底，我驻苏联小组向国内转交了苏方交付的第一批木工车间的施工图设计图纸。

4 月初，一汽开始突击组织翻译、积极备料、按图施工。

当时全厂的一切工作都是按照国家计委原定四年完成建厂任务的总进度安排的。

当孟少农与苏联汽车工业部对外联络司司长古谢夫谈此事时，古谢夫表示，苏联十分重视援建中国汽车厂一事，重大问题都亲自过问，他们的工作是按三年建成安排的。

为此，古谢夫希望中国集中力量建设这个厂，把时间安排与他们一致，并建议重工业部原考虑的在北京建汽车装配厂的事应予放弃。

这件事关系重大，考虑到在当时，这样大规模高度综合性的汽车厂在三年之内建成难度很大，也实属罕见，会牵动国内工业建设的全局部署。

请示后，接到指示，等周总理率领的政府代表团到莫斯科后，请代表团指示处理。

代表团到后，李富春同志听取了我方汇报，并指定由宋邵文同志与苏方会谈。

不久，孟少农携带苏方建议的总进度表回国报告。根据代表团的建议和重工业部的报告，中央作出三年建成一汽的决定。

一汽的总工程师孟少农从莫斯科回来时，恰逢张逢时从长春回北京。

孟少农对张逢时说，苏方对一汽的建设提出了重大的修改意见：

把生产能力不足年产三万辆的补齐至三万辆，并预备发展一倍的条件，增加七千万元的投资，建厂时间由四年提前到三年。

同时，孟少农还拿出了经莫斯科设计院审查同意的三年建厂的进度表。

这个消息对张逢时的思想震动很大，他感到这个建议非同小可，立即同局里的几个主要领导研究。

大家都认为，虽然增加了些投资，但保证了年产 3 万辆也值得，将来再发展也有了基础。而且，能提前一年建成出车，意义尤为重大。

但是，提前一年到底有没有可能，大家心里都没有底，毕竟在新中国这个一穷二白的基础上建立一个现代化的汽车厂，这么快的速度，无疑是个巨大的挑战。

于是，张逢时等人一边研究，一边及时向第一机械工业部黄敬部长和段君毅副部长做了汇报。

听了汇报后，两位部长对这个建议极为重视。

接着，汽车工业局又一起向计委领导做了汇报。计委领导认为，这一改动涉及国民经济的许多方面，关系重大，要汽车工业局考虑直接向毛主席、党中央报告。

1953 年 5 月 27 日，一份经反复研究，将各种情况分析之后，并由张逢时起草，部长们亲自修改的报告，以第一机械工业部党组的名义，送给了毛主席和党中央。

在报告中，汽车工业局详细地汇报了苏方的建议和一汽的筹备情况。报告中说：

我们如能够提前半年或一年完成此项工程，

可以培养力量，取得经验，以便迎接 1955 年、

1956 年开始的更多基本建设工程。

报告呈上去之后，汽车工业管理局的同志心中都没底，不知毛主席和党中央能不能批复，什么时候批复。

收到报告，毛泽东和党中央对报告非常重视，并把报告提到政治局会议上进行了讨论，还请段君毅副部长列席了会议。

在会上，毛泽东、刘少奇、周恩来、朱德、邓小平等同志都发了言，一致支持一汽三年建成出车。

6 月 9 日，政治局会议之后，毛主席亲自签发了《中共中央关于力争三年建设长春汽车厂的指示》。

"指示"肯定了争取缩短长春汽车厂建设时间对我国国防、经济建设的重大意义，并指出：

> 由于我们技术落后和没有经验，要在三年内建成这样一个大规模的工程，不论在施工力量的组织、施工的技术、国内设备的供应以及生产准备等方面，都将会有很大的困难。因此，中央认为有必要通报全国，责成各有关部门对长春汽车厂的建设予以最大的支持，力争三年建成。

中央文件的指示精神给驻苏小组以极大的鼓舞。6 月中旬，小组书面通知苏方总交货人：

我们同意贵方意见，本厂将于 1953 年开始
建筑施工。1955 年建筑完毕，1956 年出车，确
定三年的总建厂期限。

苏方随即编制了新的全部设计规划总进度。

7 月 11 日，孟少农同志把总进度表带回长春，作为
重新安排建厂工作的依据。

在此前不久，饶斌同志刚从东北局调来一汽任厂长。
他的到来是促进一汽建设的一个重要因素。

于是，这一决定开创了全国支援一汽建设热火朝天
的局面，大大地加快了建设速度。

● 筹建规划

全国大力支持一汽开工

1953 年 6 月 9 日，中共中央发出三年建成长春汽车厂的指示后，汽车工业管理局立即着手拟订三年建厂的进度计划，以便协调和统一国内外、部内外、厂内外的工作，落实毛泽东和党中央三年建厂的指示。

6 月 17 日，计划刚完成时，援建一汽的苏联专家组组长希格乔夫到京。希格乔夫等人又同汽车工业管理局的同志一起对计划做了修改、补充。

6 月 22 日，修改后的一汽三年建设计划上报毛泽东和党中央。

中央批转后，全国上上下下，各有关部门都按总进度的要求，全力以赴，克服重重困难，给予一汽建设最大的支援。

在当时，全国各地迅速掀起了轰轰烈烈支援一汽建设的热潮。

举国上下，大开绿灯，在人力、物力等各方面都给予了极大的支持。

在总进度计划中，关于全部干部及施工力量，汽车工业管理局提请中央责成中央局解决，并建议最好由华东担任，请中央建工部以华东工程局设计公司、工程公司为基础统一调配。不足者，请中央建工部配齐。

中央组织部的行动非常快，马上从华东地区抽调了一批又一批经过战火洗礼、有很高政治觉悟和组织能力的干部派往一汽。

同时，1952 年，在一汽筹建初期，中央组织部先从全国各地抽调了 150 名厅局级干部到筹备组从事领导工作。

中央决定由东北局调配党政干部，东北局立即从机关中抽调 529 名干部，还从农村挑选一大批党员、团员及复转军人。东北教育局调来的初中毕业生 1200 人作为施工骨干，到 1953 年 3 月，来厂参加建设的干部猛增到 4000 多人。

除了东北局调配干部外，还有从国外、南方大城市来东北参加建设的老专家。中央又从江苏省抽调了 40 多名县委以上的老干部，从上海、大连、沈阳、北京、天津等地调来的技术工人和能工巧匠，从清华、交通、天津等大学毕业的大批应届毕业生，以及在华东、中南、张家口军区也抽调 700 多名子弟兵参加汽车工厂的建设。

当时，全国除西藏、青海外，都为一汽支援了优秀人才。

调来的干部斗志旺盛，精神状态非常好。刚刚从战火中走过来的"老干部"也不过三十几岁，都很年轻，一说要建设祖国的工业化，都非常高兴，尽管东北生活条件较艰苦，但他们却毫不在乎。

还有许多在上海、南京、杭州等大城市工作的干部和学生，没有被中组部调配到，就积极主动申请到东北去，建设祖国的第一座汽车厂。

据后来成为副总理的李岚清回忆：

1952年9月，我们一千多名新中国培养的第一代大学生，告别了培育我们的母校，离开了我国最繁华的大都市上海，满怀着参加祖国第一个五年计划建设的激情，踏上新的征途。乘坐着整整一列专车来到了当时东北人民政府的首府沈阳。

当结束了分配到东北的"上海学生总队"的工作后，我来到负责学生分配工作的一位大姐的办公室。

我向她汇报了这一段工作，她便笑着对我说："现在就剩你自己没有分配了。我们打算让你到毛泽东汽车、拖拉机、坦克工厂去工作，同意吗？"

"什么？我们自己要造汽车、拖拉机、坦克啦！"这是多么令人兴奋的消息呀！我听了这位大姐的话，为祖国的复兴感到无比的欢悦，根本没有考虑什么同意不同意，便愉快地接受了。

来自五湖四海的人们都是放弃了原来比较舒适的生活，告别了亲人，从四面八方，不远千里，来到东北援建。

　　大家亲密无间，团结奋斗，抗严寒，战酷暑，创造了一个又一个的奇迹。

　　1953年夏天，中央决定把一汽的土建施工任务交给建工部全面负责以后，为了加快工厂建设进度，又从上海调来了以陈佃园为师长的主力建筑五师，从哈尔滨调来了以刘一心为经理的工业建筑公司的施工队伍，在波澜壮阔的一汽建设工地上，汇集了两万多名来自全国各地的建设大军。

　　其中，最引人注目的是一支穿着军装的建筑队伍，一直属建工部领导的中国人民解放军建筑工程第五师。

　　这是一支具有光荣传统的野战部队，在战火纷飞的战争年代里，参加过闻名世界的"孟良崮战役""淮海战役"。奉命转业来到汽车厂建设工地后，担负了铸造、锻造、发动机、底盘、车身等主要厂房和部分职工宿舍的土建施工任务。

　　中央各有关部门对一汽的建设也给予了大力支持。

　　铁道部门落实中央的指示，对一汽建设的物资保证优先运输。许多临时追加的紧急物资，汽车工业管理局打个电话、写个条，铁道部的滕代远、吕正操部长都亲自安排，没有一次耽误过。

　　邮电部为了保证一汽工作同苏方的联系，特别为汽车工业管理局开辟了通莫斯科的专线电话，使汽车工业管理局的工作人员，坐在办公室里就能同一万公里以外的莫斯科通话。

外交部为支援一汽的建设，特别为一汽增设了四名信使。商务参赞处还经常主动找一汽工作人员联系，协助催图纸、设备，联系一切有关事宜。

建设汽车厂需要数以万计的各种规格型号的建筑材料和机械设备。全国有30多个省市、70多个厂矿企业，为一汽生产各种设备和器材。每天有两三百节火车开往一汽建设工地。

来自鞍山、沈阳、大连、本溪、抚顺、上海、天津和重庆等地的钢铁制品；来自南京、济南、汉口等城市的各种建筑材料；来自上海、沈阳和大连等地的机器设备；还有白洋淀编织的大张芦苇，以及松花江的砂石、长白山的木材，江苏、山西和东北各地的水泥；等等，源源不断地运到现场。

解放牌汽车共有协作产品15类410多项，其中以电器、轴承、附件和橡胶等四类产品最为重要。

全部协作产品分别由46个工厂协作生产。博山电机制造厂生产的发电机，过去都是供给外国汽车制造商的，职工们听说要给自己的汽车制造发电机，都特别高兴。他们根据苏联的设计，把制好的云母环精心地安装在整流子里，保证绝缘强度均匀一致。

天津市现代化学厂生产汽车坐垫靠背用的高级漆布，在试制过程中失败了十几次，他们仍不灰心，战胜许多困难，漆布的耐寒、耐热和弯曲强度终于达到或超过了

设计要求。

国内没有厂家生产汽车方向盘，旅大市工业局积极接受了这项任务，先后召开了 140 多次技术研究会，经过近百次的反复试验，找出适当的配料成分和比例，终于试制成功。

一汽所在地的吉林省长春市的省市委、省市政府，更是对一汽的建设予以全力的支援，调拨物资、房产，修建通往厂区的电车线路，组织大批学生、机关干部到工地义务劳动，有力地保证了蜂拥而至的几万名建设者的衣、食、住、行，保证了工程的顺利进行。

解放军不仅在人力、物力上给一汽的建设以大力的支援，彭老总还亲自批示，将仅有的五个随军建设起来的、基础很好的汽车修配厂拨给了一汽，成为一汽培训技术工人的基地之一。

在当时，一汽的建设，受到全国人民的关心。

中国人民解放军驻海防某地的田立方来信说：

我们一定严守祖国的大门，保卫祖国胜利地制造出汽车来。

江苏省江宁小学的学生来信说：

我们利用课余时间，到外面搜集废铜、废铁、破布、烂棉花、玻璃和废纸等东西，把这些东西卖给合作社，得了五万零三百多元（旧币），这些钱由中国少年报转给你们。我们想，钱虽然少，但也算是我们为建设社会主义大厦加了一块砖瓦。

江苏省崇明县新东小学全体学生，捡了 45 斤稻穗，卖了新币三元六角六分寄到一汽，信中说：

叔叔们，请你们收下这笔钱吧，这是我们每个少年儿童在祖国伟大建设事业中贡献的一份力量！

这些人的言行，都体现了祖国人民的心愿和期望。

正是这样在全国上下的一致支持下，一汽筹备工作迅速完成。一场建立自己汽车厂的浩大工程开始了。

二、 艰苦创业

● 一汽干部自豪地对新西兰代表团说:"我们不但不收一分钱学费,而且各级领导还要动员职工参加学习。"

● 孟少农对上海来的工程师说:"你们看了苏联提供的工艺文件就明白了。"

隆重举行一汽奠基典礼

1953 年 7 月 15 日是第一汽车制造厂奠基的日子，也是中国汽车工业奠基的日子。这一天，开创了中国汽车工业的新纪元，绘就了一汽发展史上绚丽的华章。

15 日早晨，太阳从东方冉冉升起，灿烂的朝霞映照着一汽建设工地。

在奠基典礼大会背景台上，两面五星红旗中间悬挂着毛泽东的巨幅画像。

一大早，施工建设大军就聚集在这里，等待着奠基典礼的开始，等待着安放镌刻着毛泽东奠基题词基石的幸福时刻到来。

9 时整，奠基典礼大会在鼓乐齐奏、鞭炮齐鸣声中开始。当主席台两侧塔吊上的两面五星红旗徐徐升起的时候，全场再一次掌声雷动，欢呼声此起彼伏。

参加奠基典礼大会的有：中共中央东北局第一副书记、东北行政委员会第一副主席林枫，第一机械工业部部长黄敬，东北总工会主席张维桢及地方党委、政府、驻军、群众团体代表和各机关的领导等。此外，还有苏联驻华商务代表团代表苏洛维也夫和驻一汽的苏联专家希格乔夫。

奠基典礼上，第一汽车制造厂厂长饶斌在致开幕词，强调指出建设一汽的重大意义和光荣艰巨的任务。他向大会转达了中央领导同志的关怀，并感谢苏联政府对建设一汽的无私援助。

林枫、黄敬、张维桢、苏洛维也夫、希格乔夫等，都在会上讲了话。

第一机械部部长黄敬庄严宣布：

> 第一汽车制造厂由于你们的共同努力，克服了很多的困难，由于毛主席、党中央的直接关怀，由于中共中央东北局、中共吉林省委、中共长春市委直接指导与帮助，已经完成了建厂准备工作，现在正式开工了。

曾在战争年代立过七次功的先进平土工人薛震海和曾经参加过淮河三河闸闸门安装工程的金属结构工人赵顺发，先后代表建设工人讲话，表示一定要克服困难，切实保证工程质量，按时完成工程计划。

工程师吴世英在讲话中代表工程技术人员也表示了同样的决心。

大会宣读了来自全国各地的贺电贺信。职工们高兴地把一封封决心书送到主席台。

万名建设者在一匹红绸上签名，向毛主席、党中央和全国人民表决心。

一汽党委副书记顾循宣读了大会承诺：

我们一定以国家主人翁的态度，发扬积极性和创造性，为新中国的汽车工业开辟道路，为建设工业化的新中国而努力！

接着，大会举行了奠基仪式。此时，参加奠基典礼的代表们激动的情绪再次被推到了高潮，因为这个奠基的题词是毛泽东亲自书写的。

原来，早在1953年6月下旬，周恩来总理向毛泽东主席报告了汽车厂即将动工兴建的消息，并请毛泽东为汽车厂奠基题词。

毛泽东听到这一消息很高兴，挥毫写下了"第一汽车制造厂奠基纪念"十一个遒劲有力的字。

1953年7月初，第一机械工业部汽车局派人将装有毛泽东题词的密件送到汽车厂。

当时任郭力副厂长秘书的刘培善是汽车厂第一个见到奠基题词的人。

那是在1953年7月上旬的一天，因为饶斌厂长不在，厂办公室就将一封中央办公厅的密件交到郭力办公室。

刘培善拆开一看，眼前一亮，竟是毛泽东为汽车厂奠基的题词。当时，刘培善都不敢相信自己的眼睛了，激动的心情久久不能平静。

待郭力副厂长从工地赶回来，刘培善立即将题词捧给郭力。

郭力接过题词，仔细地看了一遍又一遍，高兴得眼角眉梢都是笑，喃喃地说："来了，终于来了。"

当时，郭力心中是非常期盼着这个题词的。原来，在筹建汽车厂之初，人们比拟苏联的情况，曾将工厂称为"毛泽东汽车厂"。

1952年4月，在筹建汽车厂时，亦称"长春汽车厂"，代号六五二厂，开工典礼前，厂领导曾向党中央建议，请毛泽东主席为汽车厂奠基题词。

现在，毛泽东的题词来了，这是一件大事。郭力立即通知办公室，马上选最好的汉白玉，请最好的石工，来镌刻毛泽东的题词。

于是，厂里派人到长春市大理石厂选购质地精良的石材，邀请了当时长春市技艺最好的石匠来完成这项工作。

毛泽东的题词写在一张八开的宣纸上，每个字有眼镜片那样大小。而奠基石碑长两米，宽一米。为了把字放大到合适尺寸，郭力在繁忙的工作中，多次同照相放大的同志一起商议。

当石工开始镌刻后，饶斌厂长、郭力副厂长和其他领导多次抽空去镌刻现场，同石工交谈，提改进意见，直到题词圆满镌刻完成。

此刻，由毛泽东亲笔题词的汉白玉基石由李岚清、王恩魁、周同义、李柏林、贾志学等6名年轻的共产党员抬着进入会场，安置在厂址中心广场。

艰苦创业

顿时，会场欢声雷动，黄敬、林枫、饶斌等领导同志手持钢锹破土奠基。

霎时，推土机、掘土机像一匹匹咆哮的烈马，扬臂挖土、推土，一辆辆翻斗车往复穿梭。

工地上人山人海，尘土飞扬，建厂工程开始了。

1953 年 7 月 16 日，《人民日报》发表了关于庆祝第一汽车制造厂兴建的短评，文中指出：

> 汽车厂的建设是中国人民生活中的一件喜事，并将进一步鼓舞着我国人民建设祖国的信心……为了使我国第一个汽车制造厂能按计划完成，今后，我们全国人民更要以高度的热忱和更大的努力来支持这个巨大的建设工程。

于是，三年建成一汽的序幕拉开了。

一汽向苏联派遣实习生

1953 年，一汽开工前后，曾先后派了 500 多名实习生到苏联汽车厂去实习。

而派遣实习生的计划还要从一汽的"第一名职工"说起。

1951 年 2 月，在苏联学习的陈祖涛，提前半年从莫斯科鲍曼技术学院毕业回国。

回国后，周恩来问陈祖涛："你想干什么工作?"

陈祖涛说："我学的是机械，一直在苏联的汽车厂里实习，想搞汽车。"

周恩来一听非常高兴，说："苏联要援建我们搞汽车厂，你赶紧回去，代表一汽同苏联打交道、实习。"

当时一汽还没有组建，陈祖涛此时专门代表一汽去工作。所以，后来人们说陈祖涛是一汽的第一名职工。

当时，中国驻苏大使馆刚建立不久，我国在那里没有一个留学生和实习生。

于是，陈祖涛问周恩来："我回到莫斯科找哪里?"总理说："我给你写个条子，你就到我们大使馆去，找张闻天大使。"

于是，总理提笔便给陈祖涛写了一封信。

这样，陈祖涛就拿着周恩来的信，马上回到莫斯科，

找到张闻天大使。

张闻天看了信后，就叫陈祖涛到商务处找高竞生参赞，高竞生参赞就叫他住在商务处。

住下后，陈祖涛便到斯大林汽车厂、全苏国立汽车设计院去实习。

就这样，陈祖涛不仅是一汽的第一名职工，也是一汽最早赴苏的代表。

随着一汽设计规划的逐步结束，苏联专家开始酝酿考虑要中国派实习生的问题。

当时斯大林汽车厂援建一汽总负责人、厂长弗拉索夫以及具体负责的副总工程师博依科都跟陈祖涛说："要搞这么大一个汽车厂，一定要派实习生来，否则掌握不了，因为我们不可能派那么多专家去。"

听了苏联专家的话后，陈祖涛感觉做不了主，就问茨维特科夫都需要什么人，请他们开个清单，陈祖涛好以此单向国内汇报。

这样，苏联专家就发动他们所有的技术科长开清单，中国要掌握这些技术，需要哪些专业的人。

于是，苏联汽车厂的技术科长，纷纷开始列清单。这样还不够，又叫苏联专家去汽车厂看看，让陈祖涛熟悉他们厂的情况，看看哪些岗位必须派人。

陈祖涛跑了工具系统的好几个部门，包括很多车间的特殊设备，像磨剃齿刀的机床。苏联专家还不断嘱咐陈祖涛，这些地方千万别漏掉，一定要派实习生来。

在酝酿过程中，苏联专家向陈祖涛逐步提出：你们的厂长要来，你们所有职能部门的处长要来，又发展到你们的技术科长、生产科长都要来，后来说这还不够，你们关键岗位的调整工要来，特种设备的工人要来。

陈祖涛说："来的人太多，我们也难啊。"

后来平衡来平衡去，形成了一份500多人实习专业的清单，返回国内。

1952年下半年，中国开始向苏联派遣实习生。第一批派来的实习生20多人，包括后来曾担任一汽副厂长的黄一然同志。

1953年初，一汽派来陈善述、刘经传、汪声銮等8名同志，加强在苏联工作的孟少农、李刚、陈祖涛3人小组的工作。

因为小组那时工作不太多，孟少农、李刚和陈祖涛商量后，孟少农说："都叫他们到厂里实习吧。"

这样，新来的8个人就到斯大林汽车厂去实习了。这是在500多人清单形成前来实习的。所以，后来人们称他们是第"零"批实习生。

从"零"批实习生开始，大家的学习热情都非常高，非常刻苦。每个人都是按岗位实习，回去干什么工作，就实习什么岗位，一个萝卜一个坑。

苏联指派的导师都是很强的人，他们非常认真负责，使前来实习的这些同志很快就掌握了回国后将担负的工作的技术。

艰苦创业

518 人清单确立后的第一批实习生，是郭力带队的。由于郭力当时在国内有工作离不开，1953 年底由李子政带 39 人先期到达。

1954 年 2 月，郭力以一汽实习团长的名义，带领第一批剩下的实习生赴莫斯科。

随行的有一个是 1950 年从清华大学毕业的张曰骞，临行前，张曰骞负责出发前的置装和购买火车票。

在买车票时，张曰骞都买了硬卧票。

上车时，有人说，应该给郭力买软卧票。

张曰骞听后，感觉很不好意思，因为当时他不懂这些，也没有想到给郭力买张软卧票。

郭力听后，和蔼地对张曰骞笑笑，并表示坐啥都行。

在当时情况下，从北京到莫斯科的行程需要 7 天。

一路上，郭力和学员们同吃同住，谈笑风生，愉快地到达了莫斯科。

到达莫斯科后，郭力属于实习厂长，主要在斯大林汽车厂实习，也看了其他几个厂。

郭力到达斯大林汽车厂后不久，就发现先期到达的实习人员，实习方向和目标不十分明确。

于是，郭力就从总结他们的经验入手，摸索规律，寻找关键。在与斯大林汽车厂研究协商后，郭力明确了实习的总方针："学会组织生产，重点学习特种技术操作和适当提高必要的理论知识。"

郭力还提出的具体要求是：

要老老实实、恭恭敬敬地学，实事求是有分析地学，要联系中国的国情，不能一切照搬，要有科学态度和独立自主的精神。

对此要求，郭力解释说："中央指示我们要尊重苏联专家的规定，我们都要坚决执行。但是，学习要结合中国的实际情况，我们党的一套老传统决不能丢。正确的态度是把苏联的先进技术和管理与中国的好传统结合起来。有的要学，有的不学。要用脑子分析，不能照搬照套。"

对领导干部、技术人员、工长和工人，郭力分别提出了实习重点和要求，他又根据建厂的实际需要，修正了派遣赴苏实习人员的整体计划。

在当时，张曰骞同志在斯大林汽车厂总设计师处实习汽车发动机设计。

张曰骞向郭力提出："用一年时间学发动机产品设计只能刚入门，远远不够，能否延长实习期。"

"可以，"郭力明确表示了同意，并补充道，"你可以按照实际需要，自己定时间，二年三年都可以。"

最后张曰骞在苏联实习了近两年时间，是实习时间最长的人。正是这么长的实习取得了良好的效果，回一汽后，通过技术人员、工人、干部"三结合"的方式，张曰骞和大家仅用 64 天，就试制出一台全新的顶置气门发动机，功率比老"解放"90马力大为提高。

1954年冬天，一汽厂长饶斌也来到苏联，他要了解的部门是斯大林汽车厂厂长克雷洛夫亲自圈定的，按组织机构，每个地方都要转一圈，待一两天。

在实习期间，饶斌非常好学、非常勤奋，每到一处，都问得非常仔细。

1955年3月，饶斌和陈祖涛同机回到祖国。

饶斌和陈祖涛回国之后，一汽仍然按500多人清单陆续向苏方派实习生，最后一批是1956年由李岚清带队的。

这些赴苏实习的同志中，后来很多人成为汽车生产的专家，不少同志担负了重要的领导工作。

后来的党和国家领导人江泽民、李岚清也参加了当年的实习。

许多同志讲，如果说一汽是中国汽车工业的摇篮，那么，赴苏便是摇篮的摇篮，这是不为过的。

知识分子参与建设一汽

1953 年 8 月 31 日，一列满载参加第一个五年计划建设的几百名大学毕业生的专车，缓缓离开上海，驶向东北。

原来，临近毕业的一个月来，毕业生集中学习，听了有关第一个五年计划建设情况的报告。

听了五年计划报告后，将要毕业的大学生展开了热烈的讨论，纷纷表态志愿到祖国建设最需要、最艰苦的地方去。

很多同学未离开过家乡，论生活条件东北要艰苦得多，有些同学家庭还有困难。

但大家以祖国建设的大局为重，不计较个人得失，踊跃报名到东北参加建设。

于是，他们在填报志愿时大多是这样写的：

第一东北，

第二西北，

第三华北。

大学生们热爱祖国的豪情壮志是何等可贵！临时党团支部的任务就是要保证同学们离校到工作岗位之前的

艰苦创业

这段时间内安全、团结、热情饱满。

出发前，东北大队召开了大会，讲明纪律要求，组织后勤、纠察等小组为大家服务。

到达长春后，很多学生被分到六五二厂。在校时，他们就听说过六五二厂就是"毛泽东汽车厂"，现在被分到六五二厂，大家感到特别兴奋！

9月24日开始，同学们按厂部通知的分配名单分别到各单位报到，愉快地服从分配。

这批大学生在一汽创建和发展过程中，勤恳敬业，奉献才华，后均成长为一汽各方面的骨干力量。

和许多在国内读书的大学生一样，当时有一批曾经在海外学成归来的高级知识分子，他们为了实现多年来制造汽车的夙愿，宁愿放弃优厚的工资待遇和舒适的物质文化生活，从国外或先期回国在南方的大城市已经参加工作了的，也不远千里、万里来到长春，参加中国第一个汽车生产基地的建设。

他们为了理想和事业，孜孜以求，矢志不渝，用自己的青春和汗水，在一汽这块沃土上，留下了他们的足迹，同时也给人们留下了深刻的回忆。

孙顺理是海外归国知识分子中的杰出代表之一。他出生于广东省中山县侨乡，他的祖父幼年漂洋海外，历尽艰辛，当年与人合股，在旧金山偏僻的"淘金"山区开办了一家"杂货店"。

孙顺理1934年大学毕业后不久，就投身汽车行业，

1943 年被国民党政府派往美国南本德城的司蒂倍克汽车厂、为卡车配套的赫克利斯发动机制造厂、密歇根州的雪佛兰铸造厂实习，并在密歇根大学进修获硕士学位，1947 年回国。

在美国的时候，他深感中国人到处受到歧视的痛苦，萌发了建设我国自己的汽车工厂的强国之梦。

抗日战争胜利以后，国民党政府资源委员会曾经计划筹建一座年产 5000 辆载重车的汽车工厂，从 Sterling 公司购买了汽车产品图纸，委托兰辛城的利和工厂搞了工厂设计，并选派一批人送往美国实习。

孙顺理也参与了建厂的设计工作，在美国利和工厂工作了几个月，也未能建厂，几个月的努力最后只落得一堆废纸。

新中国成立后，孙顺理的梦想终于得到了实现。他是最早参加筹建一汽的人员之一，1952 年来长春时，技术人员只有 14 人。他到后不久，成立了技术室，从学习俄文、翻译苏联的资料入手，为一汽的建设做技术准备。

孙顺理还参加了组织和审理赴苏联斯大林汽车厂实习人员的工作。一汽建成后，他先后担任一汽的机修车间副主任、厂副总机械师、工艺研究所所长、主管生产的厂副总工程师以及技术委员会副主任等职务。他把后半生的心血都凝结在国产解放牌汽车的生产上，成为人们尊敬、爱戴的领导和专家。

刘炳南是和孙顺理同船共赴美国学习的。他出生于河北省海兴县的一个书香门第，1934 年大学毕业后就投身于汽车运输行业，曾在滇缅公路上，冒着日军的狂轰滥炸，出生入死地奔忙于这条国际运输线上。

刘炳南在留美苦学四年当中，先后在南本德城的司蒂倍克汽车厂、斯堪奈克塔地城美国机车公司、兰辛城通用公司费舍车身厂、大市兰克坦克厂完成了实习任务，还在密歇根大学研究生院取得了硕士学位。

刘炳南曾经抱着工业救国的宏愿，夜以继日地参与资源委员会在中国筹建汽车工厂的设计工作。

新中国成立以后，刘炳南在上海电力公司已经有了稳定的工作以及月薪高达 800 元的优厚待遇，但他立志报效祖国汽车工业的愿望没有改变。

1953 年秋，当胡亮、孟少农来到上海向他介绍了一汽的筹建情况，征求他愿意不愿意去时，刘炳南立刻答应说："哪有不去之理。"

当时，刘炳南已经被计划调往北京某机关，并把对他的任命名单对外作了公布。

但刘炳南坚决要去长春，要去一汽。

在刘炳南的一再恳求下，有关部门终于同意了让刘炳南去一汽。

1954 年 7 月，为了实现建设中国汽车工业基地的夙愿，刘炳南放弃了优厚的工资待遇、舒适的生活、温暖的气候，举家来到了冰天雪地且以高粱米为主食的长春。

在长春工作 20 年的时间里，刘炳南担任设计处副处长，为老解放牌汽车的改进和以后的更新换代做了大量工作。

史汝楫是 1945 年 3 月前往美国福特汽车公司实习汽车制造，并于次年 7 月回国的。

史汝楫常说自己一生都是随着汽车轮子转的，自 1940 年浙江大学毕业后，一直没有离开过汽车工业。

但在旧中国那几年，只能搞些汽车修理和简单的备件制造，新中国成立后，他才迎来了一生中光辉的岁月。

来到一汽后，史汝楫先后担任过设计处副处长、轿车厂副厂长、一汽副总工程师、技术委员会副主任等职务。

建厂初期，他为生产汽车做了大量技术工作。解放牌投产以后，他协助孟少农主持了"东风"牌小轿车的设计工作，并随饶斌厂长一起把国产第一辆"东风"牌小轿车送到中南海，见到毛主席和其他中央领导同志。

在那些打造一汽轿车的日子里，他总是不顾年老体弱坚持工作，为一汽轿车事业呕心沥血，成为中国轿车史的重要见证人。

陆孝宽是 1943 年在西北工学院航空系毕业后，又于 1947 年以自费留学去美国密歇根大学航空系学习的。

在美国学习的时候，陆孝宽就参加了留美学者的进步组织留美科学者协会密大分会，经常与朱光亚、余守宽等十多个同学一起学习进步书刊，谈论国内形势。

新中国成立时，他已经在密大获得硕士学位，正在攻读博士学位。

一次，陆孝宽从美国《华侨日报》上看到周恩来总理号召国外留学生回国参加建设的报道，毅然决定回国参加建设，带着妻子和不满一岁的孩子，几经波折终于在1950年经香港到达北京。

陆孝宽回国后历任长春汽车研究所副所长、总工程师、一汽技术委员会副主任等职务，毕生从事发动机的设计、研究工作。

除了上述人员以外，还有一批从海外留学回来参加一汽建设的高级知识分子，如从美国回来的陈继善、茅放恭、吴孝通、励承豪、孙永澄，从英国回来的杨南生、支德瑜、陆坤元，从日本回来的胡成、吴家禄，以及从法国勤工俭学回来的陈泽军等等。

这批高级知识分子的到来，对解决当时一汽建设面临的各种难题提供了重要帮助。也正是因为他们的到来，一汽的建设开展得很顺利。

大量人员投身一汽建设

1953 年 7 月，第一汽车厂开始动工兴建，此时特别需要各种汽车工程技术人员，于是，中央便向全国各地抽调技术人员，而一汽更需要的是有汽车修理实践经验的技术人员。

上海是当时中国拥有汽车数量最多和汽车修理厂、汽车配件生产厂家最集中的城市。

1953 年初，华东工业部担负着向抗美援朝战场提供汽车维修的零部件的任务，3 月在华东工业部成立了汽车配件委员会，向上海各汽车修理厂抽调了 50 多名工程技术人员。

第一汽车厂的兴建，也在向全国各地抽调技术人员，而且更需要有汽车修理实践经验的技术人员。

当时，这批汽车配件委员会的工程师是很适合这一条件的，工程师们也非常渴望能够参与建设自己的汽车厂。

但是，当时抗美援朝尚未结束，汽车配件委员会的任务必须完成支援抗美援朝，直到抗美援朝战争结束。

这一天终于来到了，1954 年 6 月底，汽车配件委员会领导宣布，华东工业部决定，这批人不再回原单位，都去支援汽车工业建设。

为此，重工业部老部长还亲自到汽车配件委员会来动员工程师们参加汽车工业建设。

最后这批工程师被分成两组，一组到长春第一汽车厂，另一组到北京汽车研究所。

当时，汽车配件委员会每个工程师都报名要求到长春，去建设汽车厂。

这下可出乎老部长的意料了，北京的生活条件要比长春好很多啊！

但是，北京汽车研究所也需要人啊！

于是，老部长只好换了一个调子，说东北很冷，生活条件比北京差得多，希望有些同志能去北京。但是，说了一阵，一个也没有被说动。

最后，老部长点名了。

第一个点的是张永年。老部长说："你是党员，你带个头。"

在当时，服从组织分配是每个职工必须遵守的纪律。但是，张永年还是提了一个要求，希望在可能时，调他到第一汽车制造厂工作。

于是，老部长靠这种办法才把一部分希望去长春的工程师"拉回"了北京。

而这批调长春的同志，一个个都兴高采烈，他们高兴地回原单位办好了一切调转手续。

这批去一汽的工程师有冯辅晋、吴孝通、胡亚庄、朱文渊、孙永澄、顾崇治等。

工程师们年龄较大，妻子在上海都有不错的工作岗位，也都被说服全家同来长春，下决心在汽车厂干一辈子。

　　1954 年 7 月 7 日，这批上海来的工程师们，终于到达了长春。

　　到达长春后，由于当时条件不好，厂里只能安排他们住在上海路原政协大院的一栋三层楼房内。

　　面对着远不如上海条件的住房，他们并没有人在意，而是希望快一点走上工作岗位。

　　安排好住处，干部处长领他们去见孟少农副厂长，以便尽快安排他们的工作岗位。

　　见到孟少农后，工程师们立即要求被派往莫斯科斯大林汽车厂实习，这样可以直接接触汽车的生产组织和生产技术。

　　当时，厂里正在陆续派遣技术人员去苏联实习。

　　对美国的、苏联的和日本的汽车工业生产技术，孟副厂长是很清楚的。对这批上海来的工程师也是有底的，他很理解他们的心情。

　　孟少农和蔼地说："你们与其他调来汽车厂的工程师不同，他们没有有关汽车的知识，去斯大林厂实习很有必要。而你们则不同，不仅懂得汽车的性能构造，而且有比较丰富的修理经验。因此，我认为你们没有必要去苏联实习。"

　　为了让大家放心，他还说："你们看了苏联提供的工

053

艺文件就明白了。"

看到工艺文件后，工程师们放心了。果然，工艺文件上每道工序的衔接、工时定额都很详细。

看到大家都认为能够胜任，孟少农就安排了9位工程师每人负责一个基层单位的技术领导工作。

那时厂里是严格执行苏联提供的"组织设计"设置工厂的各个职能部门的。每个部门也都有苏联专家负责指导工作。

于是，孙永澄分配在冶金处任科长，胡亚庄任附件车间技术科长，朱文渊任金属品车间技术科长，陈文任弹簧车间技术科长，顾崇治任拔丝车间技术科长，孟庆瑞在工具车间，金嗣帆在冶金处中央实验室，欧阳单分在热处理车间技术科，郁雪淇在锻造车间技术科。

这些工程师的妻子们也都按各人的专业分别分配到弱电车间、医院、教育处等部门工作。

分配完毕，第二天就投入紧张的工作了。

赴美留学实习归来的刘炳南，开始时也被分配到北京汽车研究所，后经恳求改调长春一汽。

到厂后，刘炳南先在工艺处任工程师。

一天，孟少农厂长为难地说："设备科很缺人，可别人不愿意干。"

刘炳南当即表示："我干。"

从此，刘炳南就负责全厂的工艺设备管理工作，从国内外四面八方陆续发来的数千台设备，需要运输、装卸、验收、保管、分配、到位，工作复杂、繁重。

然而，别看刘炳南初来乍到，情况不熟悉，却干得很出色。

不久，刘炳南又被调到生产准备科任科长。

这批来的工程师冯辅晋也是这样。他从浙江大学机械工程系毕业后，赴美留学，获硕士学位，曾先后在美国克莱斯勒、通用汽车公司实习。

当得知被允许去一汽后，冯辅晋便和正在上海财经学院担任俄语教师的妻子商量，欣然同意举家一块迁来长春。

1954 年，冯辅晋任工艺处生产准备科负责人，1955年，由于他对汽车车身制造有经验，厂领导决定调他到冲压车间担任技术科科长，后任车间副主任。

在此期间，冯辅晋带领技术科人员消化、整理从苏联引进的全部技术工艺文件，配合设备安装，完成生产准备，在专家指导下调试出合格的零件和总成。

后来，冲压车间成功调装完最后一个总成驾驶室，为保证按时出车作出了贡献。

在这批工程师中，还有曾任技术处处长的陈文。

1954 年 7 月，陈文刚来一汽时，孟少农厂长分配他任弹簧车间技术科长。

后来，一汽第一辆解放牌汽车在总装配车间下线。那时弹簧车间的主要设备"十面弯曲淬火机"尚未到厂，只能装上苏联提供的成品。

当时，陈文心里总感到不是滋味，就与车间主任林流商量："钢板弹簧是热加工中很简单的零件，我这个修汽车出身的工程师完全有经验用土办法生产出合格的钢板弹簧。"

看到陈文刚毅的面孔，车间主任同意了陈文的要求："行！我相信你。你抓紧试一下，如果能成功可是立了一个大功啊！"

于是，陈文动员了技术科的同志按他的设计草图制作了一台土的弯曲淬火机，不到一星期就完成了。

这批上海来的工程师一直处于全国汽车工业排头兵位置。他们的到来，对于缺乏一线技术人员，而派去苏联实习的工人还没有归来的一汽来说，无疑是一场及时雨。

同时，这批工程技术人员深厚的功底，无疑在一汽的建设和发展各个阶段都发挥了巨大的作用。

一汽上下掀起学习高潮

1953 年 7 月 15 日，第一机械工业部部长黄敬在一汽开工典礼上就明确提出：

> 我们的工地不仅是施工的地方，而且是学校，在工程进行中不仅要努力地工作，亦要努力学习。汽车厂工程规模非常之大，并用新式工厂化、机械化施工方法，我们是缺乏经验的，所以必须一面工作，一面学习。

在一汽"三年建厂"的初期，厂长饶斌就深深地认识到："欲致鱼者先通水，欲致鸟者先树木。"

当时，在来自全国各地的创业者中，除少数工程技术人员和技术工人之外，大部分是转业干部和战士、农村干部和青年学生。特别是工厂各级班子人员，大多没干过工业。

面对这种情况，饶斌首先抓住关键问题，上万名建设大军必须掌握建设本领。饶斌到职后即提出：

> 一面建设，一面学习，摘掉白帽子，变外行为内行。

为了鼓舞大家学习，饶斌不但组织全厂职工学习，他自己更是刻苦钻研、身体力行。当时，饶斌吃住在办公室，每天清晨和夜晚，请工程师给他讲授汽车制造、土建、设备安装等各方面知识。

同时，一汽领导干部还明确提出：学习掌握汽车生产技术和管理知识，是关系到一汽能否如期建成和顺利投产的一个关键问题。

因此，一汽在建厂时期，就很快建立起完整的职工教育系统，开展了大规模的教育培训工作，全厂广大干部和工人怀着建设新中国第一个汽车制造厂的满腔热忱，如饥似渴地学习技术业务知识，掀起了全员性的既轰轰烈烈，又踏踏实实的学习热潮。

开工之初，一汽就在厂内，举办了领导干部进修班，组织厂、处两级领导干部，系统地学习科学技术知识。

参加这个班的100多名学员，大都是抗日战争时期甚至更早参加革命的老干部。按文化程度不同把他们分成几个班，有的班要先补习初中文化课。

这个班完全按照正规的中等技术学校的要求，学习中专的基本课程。

在学习时间安排上，由于当时的那些领导干部晚上时常开会或加班加点工作，很难保证按时来上课。后来，经厂领导决定每天上午7时至9时为授课时间，用上班前一个小时和上班后一个小时进行课堂教学，另挤出业余时间做作业。

在当时，学员们学习激情高涨，他们不畏严寒，不惧酷暑，辛辛苦苦地坚持了两三年，学完教学计划规定的全部课程，经过考试合格，并通过了由副厂长兼副总工程师孟少农亲自主持的毕业论文答辩，领到了毕业证书。

其中，包括厂级党政领导方劼、马诚斋等，都成功学到了知识和技术，初步由外行变成内行，成为懂技术懂业务的领导干部。

除了对厂级领导进行培训学习外，对一汽厂的中层干部也进行了各种形式的培训。当时，全厂各车间、处、室和各业务系统都广泛举办各种在职干部进修班，组织广大干部学习相关的技术业务知识。

这种干部进修班都是按照教学计划进行比较正规的授课，建立比较严格的管理制度。

当时聘有苏联专家的单位，一般都请苏联专家制订教学计划并亲自讲课。有些班则由从苏联实习回来的同志或专业技术干部讲课。

有些班还请大学教师来讲课，当时"金属切削原理学习班"，就是请哈工大编辑出版《金属切削原理》专著的副教授陶乾来讲课，并以他的专著作为教材，深受学员欢迎。

当时，技术教育处干部教育科配备有上海调来的老工程师和清华大学、上海交大、南开大学等校毕业的年轻干部来管理干部进修班，以保证教学质量。

学习班结业时，每个班都要进行考试，合格的学员，都可以领到由单位主要领导盖章的结业证书，类似后来的上岗证。

1955年，为了在开工前学习和贯彻好《生产组织设计》，搞好企业管理，主管人事教育工作的副厂长宋敏之亲自带队，去哈尔滨量具刃具厂学习该厂的经验。

回厂后，由厂党委召开领导干部大会进行动员布置，党委书记赵明新亲自做了动员讲话，组织全厂干部集中一两个月时间，学习和贯彻由苏联为一汽编制的全套《生产组织设计》。

这些对干部的培训，实质上是全厂干部对企业管理知识的一次大学习、大普及，使一汽的企业管理工作迅速走上正轨。

在对干部进行培训的同时，一汽还特别重视对工人进行各种形式的知识、技术培训。

在当时，一汽首先是在吉、黑、辽、冀等省的一些县招收了几千名初中毕业生，然后再把这些人大部分送到全国100多家工厂委托代培。

为了保证培训质量，当时，一汽技术教育处的工人教育科，经常到各代培厂去检查培训情况，及时发现和解决问题。

当时来华的苏联专家布列托夫也去过一些代培厂检查指导培训工作，以确保培训质量。

在厂内，一汽则广泛举办新工人培训班和在职工人进修班，对工人进行培训。

一些重点工种由技术教育处办班培训，如自动机床和半自动机床调整工培训班、流水线调整工培训班等。

对其他新工人的培训，则采取分配到车间后，由每个车间根据具体情况，办班培训。

为支援一汽建设，当时国家从上海、沈阳、北京等地调来大批四级以上的技术工人。他们虽然已经掌握了一定的技术，但对一汽装备当时在世界上堪称先进的机器和制造工艺并不熟悉。因此，一汽广泛举办了各类在职工人进修班，对他们进行培训。

培训时，一般由技术干部讲解本车间、工部、工段的设备、工艺、操作规程、保养要求、安全生产和厂规厂纪等。

当时一汽的学习之风盛行，一时间车间的现场、会议室、食堂等都成了讲课的地方，可以说工厂成了一座大学校。

为了系统全面地提高熟练工人的文化和技术理论水平，培养基层骨干，一汽技术教育处还办了一所技术学校，招收五级以上、具有高小文化程度的工人，利用业余时间学习初中文化和基础技术理论，学制二年。

参加这个学校培训的学员毕业后，大都成为具有一定文化知识和技术理论的基层生产骨干，后来许多人都成了一汽的各级领导干部。

除了注重对一汽员工进行专业知识培训外，一汽还十分重视给全厂职工创造系统学习文化和技术的条件。

在建厂初期，一汽就建立了由业余文化学校、业余中专和业余大学等组成的完整的职工业余教育体系。

这几所业余学校，从招生、课堂授课、批改作业、考勤考绩到教学实习、毕业设计和论文答辩等，都是相当规范的。同时，学校还配备了一定数量的专职教师，聘请厂内一些水平高并具有教学能力的干部担任兼职教师。

业余文化学校设置了小学、初中和高中。业余中专学制四年，招收具有初中文化的职工。夜大开始是一汽自己办的，1955 年长春汽车拖拉机学院（即后来的吉林工业大学）成立后，与该院合办，改称长春汽车拖拉机学院夜校部。

当时，夜大绝大部分课程由该校教师来厂讲授，教学实验到该校实验室去做，毕业设计答辩到该校进行，学制为六年。

学习时间安排在每周 4 个晚上和周日上午，学员还要自己再挤业余时间复习功课和做作业，是相当紧张和辛苦的。但是他们并不感到苦，反而觉得很充实。

与此同时，一汽的其他几所业余学校也都建立起为夜班工人补课开设"倒班课"的制度。

当时，这一周上夜班的工人，晚上都不能来上课，学校在第二天下午就有教师给补课。这样既保证了倒夜班的工人能坚持夜校的学习，又保证了生产不受影响。

由于业余学校都是在晚上一汽教育大楼上课，为此，一汽对全厂职工上下班时间和学习时间作了统一安排，使职工下班后从工厂能走到教育大楼赶上上课。

当时，下班后，从厂区到教育大楼的路上是人流涌动，一支向文化、技术进军的队伍在快速行进。

每当夜幕降临，一万多平方米的教育大楼灯火通明，晚上八九点钟下课铃声响过，蜂拥而出的学员们又健步走向集体宿舍或家属宿舍，景象蔚为壮观。

一次，新西兰的一个青年代表团到一汽了解职工教育情况。

一汽的一个干部介绍说："我厂的职工，只要有决心和毅力，就可以一边工作一边学习，直到大学毕业，成为专门人才。"

新西兰代表团就问："职工参加这些学习要交多少学费？"

这位干部自豪地说："我们不但不收一分钱学费，而且各级领导还要动员职工参加学习。"

顿时，代表团发出了赞叹声、笑声和热烈的掌声。他们感叹地说："在我们国家职工参加业余学校学习，都得自己交学费。你们这里免费真是太让人羡慕了啊！"

1955 年，第一机械工业部在一汽召开职工教育现场经验交流会，向全行业推广一汽的经验。

会后，一汽还由专人执笔撰写了介绍一汽职工教育工作经验的文章，刊登在《机械工业教育》杂志上，在全国引起了很大反响。

1956年底，厂长饶斌写出了长达数万字的建厂总结，并探讨了工厂基建和施工的科学规律。正是由于饶斌同志的开创式领导，一汽在完成"三年建厂"宏伟业绩的同时，胜利完成了"出汽车，出人才，出经验"的战略任务。

一汽建厂时期全员培训的热潮，对工厂按时顺利投产，生产出质量良好的汽车，起到了重要的作用。

这种浓厚的学习风气，多年来在一汽代代相传，也成为一汽的一个优良传统。

苏联专家援助一汽建设

1953 年 6 月，为确保中国三年建成汽车厂，苏联曾动员了许多机关单位及成千上万的人，到中国参加这项浩大的工程。

当时，参加一汽设计的 26 个专业设计机关，分担着全面的设计工作，几乎所有著名的苏联机械制造厂都为我们制造设备，特别是作为直接援助和代我们负责联系各方面工作的莫斯科李哈乔夫汽车厂，为建设第一汽车制造厂作出了巨大的贡献。

为此，莫斯科李哈乔夫汽车厂还专门成立了"第一汽车制造厂管理处"，组织了各方面的专家参加工作，除了直接进行全套工艺设计以外，还作为第一汽车制造厂的代表，掌握设计与订货等全部事宜。

第一汽车制造厂主要的设备都是苏联制造供应的，其中有许多设备在苏联还是第一次试制，如莫斯科李哈乔夫汽车厂制造的 3500 吨巨型机械压床、联合点焊机、齿轮加工设备等，其他机械厂制造的 8000 周波的直流发电机、高周波淬火机和许多种专用设备精密的、专门的、巨型的等都是由苏联工人亲手制造出来，经过检验和实验后运给我们的。

与此同时，苏联从 1953 年起，就开始陆续向中国大量派遣专家。

到 1957 年底，苏联共向一汽派出 188 名从土建到汽车生产全套优秀的专门人才，帮助一汽建厂、投产。

当时，在全厂各个关键部门、要害岗位，都有苏联专家把关。

无论白天黑夜，无论高空地下，也不论在建筑工地还是机床旁，哪里有困难，哪里就有苏联专家的身影。

波里斯·希格乔夫是苏联派驻一汽的第一任专家组组长，人们习惯地称他是总专家。希格乔夫不仅是汽车生产专家，也是建造汽车厂的专家。

1953 年 6 月，波里斯·希格乔夫来到长春，参加了一汽的奠基典礼，和中国的建设者们一起为一汽破土动工。

一汽土建开始时，正逢多雨季节，地下水位升高，施工受到很大影响。

面对此情况，希格乔夫身穿雨衣，在现场指导，提出挖深坑积水、布置排水，保证了基础工程的顺利施工。

在设备安装工作中，希格乔夫及时指导制定设备安装进度表，督促各车间按进度表进行安装，及时发现问题、解决问题，确保了设备安装工作按计划完成。

希格乔夫在自己身体力行的同时，还经常深入第一线，检查专家们的工作，对他们提出具体要求。

另一位苏联动力专家基列夫对热电站建设付出了大量心血。一汽的第一根电缆就是在他手把手指导下铺设的。

当时，做电缆接头是个很细致的工作，有时一个接头就要做上十来个小时。

基列夫从第一个终端接头开始，从早到晚一次次亲自做给大家看。一个动作一个动作地讲解，就连干活前要把手擦干净的细节也不放过。

为了搞好厂房采暖，基列夫从修改设计到安装调整，经常从清晨干到下午，连中午饭也顾不上吃。底盘车间五六十个暖风机都是他亲自调整的。

对于什么情况下应该开哪个阀门、关哪个阀门，基列夫都向工人、技术人员一一讲解清楚。

为了锅炉房正常送暖，基列夫奔波于生活间暗楼、地下室，一边检查管子安装情况，一边向工人讲解。

当时，工人生炉子用的是焦炭，经过生活间暗楼时，基列夫常常弄得满身满脸都是煤灰。

基列夫不仅工作严格要求，无私传授技术，还特别关心热电站规划组织编制，提出了培训的具体工作和培训方法。

直到回国前，在沈阳等待办理手续时，基列夫还给电站留下一份有关动力工作的几十条意见书。

1954 年 10 月，调整试生产工作开始后，许多工艺专家来到一汽。到厂的工艺专家组组长卡切特科夫，同分布在各个车间的工艺专家一起，组成了工厂强有力的调整生产的技术指导网，哪里有问题，他们就到哪里去解决。

同时，卡切特科夫以他丰富的经验，帮助工程技术人员开展开工生产的各项技术准备工作，建立健全各项规章制度。

正是在卡切特科夫等专家的指导帮助下，各个机械加工车间能够在短时间内完成了试生产调整任务，为全面开工生产奠定了基础。

1954 年底，在辅助厂准备开工生产的最紧张、最困难的时刻，专家卡基林来到这里。

卡基林在斯大林汽车厂工作多年，有丰富的工具生产和管理经验，曾荣获"列宁勋章"。

到了一汽后，卡基林深入车间，他从不让别人来找他，而总是他主动找上门来发现问题、解决问题。

卡基林凭借自己多年的经验和认真负责的精神，车间里有什么问题，他总是能及早发现并及早解决。

老专家罗申是帮助金属品车间调整设备的，他白天指导调整，晚上回去还要写讲课提纲。他把自己积累的经验，结合车间的具体情况，全部传授给大家。

一次，一台 112 单轴自动机加工时总是发出很响的噪声，而且由于噪声震动，导致零件尺寸和光洁度不能保证，废品很多。

罗申来到这台机床旁，经过仔细地观察后，他拿过扳手，把紧固样板刀的螺钉起出来，用砂轮机磨一下，再安装上，马上就好了。

机床调整好了以后，罗申又对操作工详细讲解了其中原理，直到操作者完全弄懂，罗申才离开。

一天，当大家都在为装出第一批国产车忙碌时，冶金处的工艺师李敏宝爬上电容器箱准备拧松一个螺帽，不知谁碰上了开关，接通了电，李敏宝害怕地大声惊叫起来。

在这紧要关头，站在李敏宝身旁的苏联专家巴贺莫夫，不顾生命危险，用尽全力一把把李敏宝抱了下来。

李敏宝被救下来，才见到救他的人正是他赴苏实习时的导师，又来中国帮助出车的专家巴贺莫夫。李敏宝感动得不知说什么好，在场的人们也被巴贺莫夫这种舍己救人的精神所感动。

苏联专家们就是以这样忘我的精神，高尚的品格，把他们精湛的技艺、宝贵的经验，无私地传授给中国的建设者们，帮助一汽闯过建厂初期的一道道难关。

几年中，苏联专家向一汽提的合理化建议达两万多件，进行专题报告、系统讲课1300多次。

同时，一汽干部对苏联专家的每一项建议都非常重视，当时一汽不仅设有专家提案办公室，还多次开展"学习苏联、贯彻苏联专家建议运动旬""贯彻苏联专家建议不过夜"等活动，使他们的宝贵经验很快在一汽生产中开花结果。

苏联专家们全心全意忘我的工作精神，赢得了一汽职工们的尊敬和爱戴，大家把专家视为朋友和亲人。

节假日，大家争着请专家到家里做客，包饺子、唠家常，做上几个特色菜，饮酒畅谈。

底盘车间调整工乐民强到斯大林汽车厂实习时，导师马那哈夫认他做了干儿子。

这次导师作为专家来到一汽，恰逢 50 岁生日，乐民强想要好好给马那哈夫庆贺一番。

厂里得知这一信息，帮着乐民强为马那哈夫办了隆重的生日宴会。

宴会上，乐民强按中国传统风俗，向耐心教导自己的马那哈夫献上寿桃、寿面，这位专家感动得热泪盈眶。他说这是他一生中最隆重、最难忘、最有意义的生日。他要把这一切告诉子孙后代，告诉给苏联人民，让中苏两国人民世世代代亲如兄弟……

党和国家领导人对苏联专家在一汽的贡献，予以极高评价。

1956 年 10 月 15 日，在一汽开工生产的庆祝大会上，第一机械工业部部长黄敬把国务院总理周恩来亲自签名的感谢状分别转发给苏联专家希格乔夫、库兹涅佐夫、卡切特科夫、费斯塔、高斯捷夫。

厂长饶斌向苏联专家赠送了感谢信和开工生产纪念章，代表全厂职工向苏联专家赠送了锦旗。

当时，在我国工业技术水平比较落后以及我们完全没有经验的条件下，建成像第一汽车制造厂这样现代化的具有高度技术水平的工业企业，如果没有苏联全面无

私的援助，那简直是不可想象的。

第一汽车制造厂的筹备、建厂、生产无一不是在苏联援助之下进行的。从厂址选择勘察、原始资料的收集、全面的工厂设计到建筑施工、设备制造与交付、设备安装、生产准备、生产调整到组织汽车生产的全部过程，都渗透着苏联人民兄弟般友谊的巨大劳动。

正是有了苏联的积极帮助，一汽的建设者们对汽车工业才开始由陌生到逐渐熟悉起来。

一汽及时纠正施工问题

1953 年 9 月，入秋的长春，格外凉爽。

此时，在长春市的一汽工地上到处是热火朝天的景象。一汽的所有人员无论是普通职工，还是各级领导，都在不分白天黑夜地为实现三年建成一汽而拼搏着。

9 月的一天，一汽领导毅然决定在全厂职工召开一次会议，专门解决当时一汽建设中的问题。

原来，那时，由于有的工区负责人质量意识不强，工区管理混乱，所浇注的 238 个混凝土基础中，因捣固质量不好，有 56 个基础发生蜂窝、麻面、部分露筋现象，其中有 31 个基础蜂窝、麻面的面积竟占基础面积的 10% 至 40%。

这就是当时建设工地上有名的"狗洞事件"。

事故发生后，工区负责人不但没有设法补救，反而欺上瞒下，用沥青涂盖麻面、蜂窝，企图蒙混过关。

为了从这次质量事故中汲取教训，引以为戒，杜绝此类事件的再次发生，建厂委员会领导在辅助工场召开了现场会。

在现场会上，平时总是和蔼可亲的饶斌厂长，今天却皱紧眉头，怒气冲冲，气呼呼地站在主席台上。

"同志们，我们从天南海北来到这里，是为了什么?"

大会一开始饶斌就大声发问。

台下广大职工不约而同地回答："为了建设好我国第一座汽车厂。"

饶斌继续说："人民把这样重大的任务交给我们，是我们的无上光荣，我们应该兢兢业业，认真负责地把它建设好，我们放上去的每一块砖都联系着祖国，浇灌的每一吨水泥都倾注着我们对党的心愿，出一点差错，有一点不负责任，就对不起支援我们的全国人民。"

"今天我向大家宣布一件事情，我们有一个工地，在浇灌基础工作中，没有捣实、填满，竟出现了蜂窝、狗洞，这是允许的吗？"

台下高声喊："不行，这简直是犯罪！"

"是，是犯罪！可是还有人说，有些蜂窝、狗洞，不影响工程质量，这是什么态度，是对人民负责吗？不，这是敷衍搪塞，马虎凑合的态度。我们的社会主义工程，不允许有一点疏忽凑合，每个工程都应该是一丝不苟，质量优良！"

"怎么办？"饶斌手臂一挥，用洪亮的声音毅然下了命令："砸掉重来，从头开始！负责这项工程的人要检讨，马上动手，把这不合格的工程从我们工地上清除出去！"

浇灌还容易，把十几米深的混凝土抠出来那可不简单。

顿时只听电锤咯咯，风镐突突，人们紧张地清除工地肌体上的赘瘤……

这次现场会议以后，一汽紧接着又总结推广了木工场优质施工的经验，增强了广大一汽建设者的质量意识，保证了工程质量和施工进度。

1954 年 7 月，遵照中央发出的"为降低建筑工程成本而奋斗"的要求，工地上开展了增产节约运动。针对汽车厂的建设工地上出现的浪费现象通过各种方式反对浪费。

在反浪费运动中，各工区通过大会、小会、黑板报和公司《建设快报》，举办反浪费展览会等各种形式，揭发大量公开与隐蔽的浪费现象，狠批了那种"家大业大，浪费点没啥""材料多搞一点好，有备无患"的错误思想。

在反浪费运动中，边揭发边整改，堵住了大量的浪费漏洞，涌现出许多群众性点滴节约的感人事迹。

104 工区的工人马维勇、孙维瑞等同志，在灌水泥时，处处精打细算，看到洒掉的一点水泥就用手捧进吊斗里。

102 工区第一工段木工小组，是个一贯坚持增产节约的先进小组。在这个小组，个个动脑筋，事事搞节约。平时每个人都随身带个钉袋子和一把钉锤子，有空就随时随地起钉和捡钉子，并随时将钉子锤直，分装起来以备后用。

李洪国采购小组，树立经济核算思想，在一年的采购工作中为国家节省了 12 万元。

1955 年 3 月，第一机械工业部和汽车局派工作组通过全面检查，批评了一汽建厂中讲排场，摆阔气，追求生活设施高标准的浪费现象，其中最为典型的就是全国闻名的"大屋顶"。

一汽在 1953 年建设的首批 45 栋宿舍中，采用的是当时的东北地区标准设计。但在建设第二批 60 多栋宿舍时，由于受到当时流行的"民族化结构"思潮影响，采用了"大屋顶"的设计结构：房檐上都安有"民族特色"的"宫殿、庙宇、佛堂"式屋顶，飞檐角楼，浮雕着古色古香的垂花雨篷。就连宿舍区附近的八个变压器间，为了与宿舍楼房的"民族形式"相陪衬，也采用了"大屋顶"结构。仅此一项，每平方米宿舍造价就得增加十元以上。

1955 年 6 月 13 日，国务院副总理兼国家计划委员会主任李富春在中央机关负责干部会上，和 7 月 5 日第一届全国人民代表大会第二次会议上，两次点名批评了一汽在建设中的浪费现象。

中央领导和新闻舆论界的批评，鞭策了一汽有关领导和广大职工反浪费斗争的决心和行动。为此，厂里组织了 63 个检查队，举办了 30 个反浪费展览会，发动全厂职工深入开展了查要害、算细账、找原因、堵漏洞的反浪费斗争。

厂长在职工大会、干部大会和汽车局的会议上多次作了公开检讨。对重大浪费负有直接责任的领导干部分别做了批评和纪律处分。

这次反浪费斗争的成果是削减了原计划建设的 16 项非生产建设项目，其中包括：厂部办公大楼，干部学习大楼，处以上干部的小楼房，文化宫，厂区中心花园，雕塑工程，自动化的中央食堂，百辆汽车库以及六栋"大屋顶"宿舍等。

于是，办公室项目被削减了，就长期分散在车间生活间办公；文化宫被砍掉了，就利用工地上的废弃材料，因陋就简地盖了个小俱乐部；"大屋顶"不再盖了，建了一批非标准的职工宿舍。

大家明确，生产要坚持高标准，生活设施要随着生产发展和经济条件的许可逐步改善。

一汽在施工中积极纠正了质量问题、浪费问题，为一汽的顺利建设提供了有力的保障。

三、 建设高潮

● 铸造车间的工人都担心地说："决不能让三年建厂的列车，在我们这一站误点！"

● 毛泽东说："哪一天开会的时候，能坐上自己生产的轿车就好了！"

● 一位白发苍苍的老大娘高兴地说："我可坐上咱们国家自己制造的汽车了，活得真值。"

建设者掀起建设高潮

1956 年，建设一汽的时候，一汽全厂职工有 1.8 万人，几乎都是年轻人。

虽然几位厂级领导的年龄较大，岁数最大的，也才40 岁左右。所谓老工人、老干部，超过 40 岁的屈指可数。

处领导、车间领导都在 30 岁至 35 岁之间，大都是经过革命锻炼、年纪轻、没有搞过工业建设的新手。

中华人民共和国成立前后毕业的大学生也只有 22 岁到 26 岁。中专毕业的，一般只有 20 岁左右。技工学校毕业的技工，超过 20 岁的不多，有些人只有 17 岁。

因此，一汽是年轻人的世界。这些人朝气蓬勃，是"早晨八九点钟的太阳"，大家都充满着青春的活力，一心要为社会主义建设发挥光和热。

职工们积极投身社会主义劳动竞赛，涌现出了大批先进工作者、各种岗位的先进标兵以及青年社会主义建设积极分子。

同时，大家还发扬首创精神，开动脑筋，出谋献策，提合理化建议，解决生产、技术上的关键问题。仅 1956年下半年，全厂被采纳的合理化建议就有 7000 多件，被推广的有 300 多件。

汽车驾驶室坐垫和靠背上的油布，协作厂每试制一批就要送到某车间去做试验鉴定，经过室内试验和装在汽车上使用试验，这样周期长，影响生产。负责这项工作的技术员沈惠敏便深入运输车间车队，观察使用情况，并和司机座谈。

经过刻苦钻研，沈惠敏终于创造出漆布折叠弯曲试验法，大大缩短了试验周期。1956年，沈惠敏被国务院授予全国先进生产者称号。

汽车后桥专业组长、青年设计师王祎垂提出将汽车后桥轴套管改短，使每个后桥外壳减轻了25公斤至30公斤，每年可为国家节约17万至21万元财富。

设计员刘经传把出国实习时，节约下来的钱买的300多本汽车技术书籍拿到设计室，供大家参阅。

年轻的设计人员于1957年初便开始解决解放牌改进型汽车CA-11的开发工作和消除CA-10型汽车驾驶室闷热、水箱开锅、转向沉重等缺点的工作。

一汽的青年们不仅是生产上技术工作的生力军，在其他各种活动中，都发挥了突击尖兵的作用。

由团组织命名的"青"字号组织遍布全厂，如"青年突击队""青年节约队""青年攻关队"等都取得了优良业绩。

"青年监督岗"的影响更大，很引人注目。这个组织是团委发起的，目的是加强生产过程中的监督，以提高产品质量，正确使用和维护设备，节约材料，安全生产。

1956 年 3 月 18 日，在厂党委和厂长的支持下，各单位普遍成立了"青年监督岗"。

监督岗负责人一般都由团干部担任，并吸收责任心强、敢于监督的团员和青年积极分子作成员。

"青年监督岗"在同级党组织和车间主任的支持下，以模范带头的行动，大胆监督，明辨是非，批评各种违反文明生产的人和事。

当时，工具车间切削工部有一个工人常出废品，人们送他一个外号叫"废品大王"。

车间的青年监督岗在《岗报》上对他敲起了警钟，同时委托有经验的技工去帮助他。

为了适应现代化生产的需要，一汽党政工团领导号召青年们结合工厂发展规划，订出个人"两年规划"，向科学文化进军。

全厂广大青年职工根据自己的实际情况和基础，纷纷订出自己在两年内奋斗的目标。

当时个人规划的内容一般都包括：政治上争取入团或入党；文化上达到中专或大专程度；技术上提高一至二级。

文化程度较高的技术、管理干部还提出在两年内达到几级工程师、工艺师、机械师、会计师、统计师和高一档次业务能力的目标。

为了加强学习，很多人在宿舍里还挂上"现在我们学习，请改日来访"的拒客牌子。

青年们你追我赶，一个赛一个的学习劲头还表现在对专业技能学习和钻研上。

在工会、青年团组织的倡导下，青年工人都同高级技工结对，订立师徒合同，按规划目标包教包学。

变速箱车间技术科长、齿轮专家曹传昌和青年技术员王显洪共同创造了"连锁教学法"，工程师带技术员，技术员带调整工，调整工带工序工。后来，这个方法在一汽全厂获得推广。

在这样浓厚的学习气氛中，全厂职工特别是那些原来资历不深的二三级工，技术水平提高很快，短短的时间内就胜任了自己的岗位。

一汽广大员工积极生产、勇于学习的行为有力地促进了一汽建设高潮的到来。

第一炉铁水成功出炉

1953 年末，一汽铸造线上的工人个个都心急如焚，天天盼望着设计资料赶快到来。

原来，汽车厂从破土动工那天算起，根据"三年建成"的指示，确定了 1956 年 7 月 15 日将成为建厂完成、开始生产汽车的庄严日子。全国支援，三年建成第一汽车厂，这是党对所有参加建厂的人员以及全国一切有支援任务的各部门的神圣号召。

可是，作为汽车生产第一道工序的铸造车间的设计资料，却由于设计复杂延迟了半年多。于是铸造车间的工人都担心地说："决不能让三年建厂的列车，在我们这一站误点！"

到 1953 年年底，设计资料终于陆续到来。

当时，从 1954 年开始动工，时间更紧了。于是，苏方提出为了保证三年建成投产，第一批生产汽车的铸件由苏联供应毛坯。

这一消息使所有铸造线上的职工心情再也不能平静：我们辛辛苦苦建设的第一汽车厂怎么能用别国的铸件呢！

于是，大家纷纷向领导请战，决心提前建成铸造车间，使祖国第一批生产的汽车能装上自己的铸件。

一汽领导当场表示同意，并大力支持这个意见。战斗就这样开始了。铸造车间的职工们个个积极奋斗，谁的任务不能按计划完成，就自觉地加班，甚至连轴转，不干完，不下火线。

奋战一年，到 1954 年冬季，所有庞大的地下工程以及密如丛林的水泥立柱都顺利地建立起来了。

可是，东北冬季严寒，占地 12 万平方米的地下工程必须立即填土养护。更严重的是按照常规，冬季必须停止施工。

面对这种情况，承担土建任务的解放军工程兵冒着零下二三十度的严寒，采取分批预热的办法继续施工。

他们把人员分为两批，半小时一轮换。就是这种不畏艰苦的英勇气概，克服了重重困难，保证了土建计划的完成。

1955 年初春，设备、安装、工艺等资料陆续到齐了。就在安排详细规划时，大家才发觉，由于冷加工还要有一定的调整加工装配时间，那么，要使我国生产的第一批汽车用上自己的铸件，铸工车间的生产必须比 7 月 15 日再提前两三个月。这样，铸造车间的建成时间连两年半也不到了。

在这种情况下，铸造车间的职工并没有退却，而是互相激励，要再加一把力，把工作做得更细致，更快，更好。

其实，一汽建设的铸工车间实际是一个大型铸造厂。厂房总面积 2.56 万平方米，设备 589 台，设计年产铸件

324万吨，熔炼灰口铸铁、可锻铸铁等三种牌号铁水，生产缸体缸盖、后桥壳等所有重要铸件。

这个车间的厂房高达13米，分为三层，地下还有6米深的配砂系统。各种动能、通风管道、滑道、悬链、皮带纵横交错，加上各种冷热加工设备，整个车间构成一个非常复杂的系统。

为了抢时间，安装工作必须在土建完工前就交叉进行，而且还要从地下到高空多层次作业，这就增加了现场计划调度管理的复杂性。

为此，各单位的调度人员每天都提前两小时上班，大家在一起详细检查和周密安排一天的工作。

在当时，就连现场作为通道的十几座便桥都要规定在哪段时间内归哪个单位行驶，像铁路行车一样严格执行。

交叉施工最怕发生图纸差错，年轻的技术人员就分工负责，认真地进行各种图纸综合核对，并保证自己复核的部分绝不出差错，以免造成返工。

有的同志由于担心已到货的设备尺寸与基础设计可能不相符，便撬开木箱钻到箱内详细地测量复核，保证准确无误。

正是这大量看似平凡实则相当艰苦的准备工作，确保了工程进度。终于使铸工车间在冷加工调试装配之前，具备了开炉试生产的条件。

从1955年夏季到1956年初春，这几百个战斗的日日夜夜使铸造车间的职工难以忘怀。

1956 年初，厂领导决定铸造车间在 3 月 26 日开炉试生产。

胜利在望，大家斗志更加高昂了。

这时，在厂部的领导下，各兄弟车间、职能处室都纷纷伸出援手，铸工车间缺什么给什么，有的单位还把骨干力量派来参战。

3 月 25 日晚，在全厂全面协同奋勇战斗下，灰铸铁的全部设备安装胜利完成，顺利地进行了空运转试车。

正当大家笑逐颜开，准备连夜再进行一次带负荷试生产，以迎接开炉生产的时刻。突然，所有的造型机上砂斗闸门都打不开了。

砂子进不了造型机，大家焦急起来了，纷纷从四面八方聚拢过来，相对无言。

看来是砂斗闸门启闭汽缸设计太小了。可是，再设计制造新的也来不及了。

大家默立着，谁也不想睡，谁也不回家。

已是 26 日凌晨了，突然一个年轻机修组长小声地说道："开炉试生产用不着开几台碾砂机，看来开一台就足够了。是否可以把另外几台碾砂机上的砂斗汽缸拆借过来。"

大家听了，齐声高喊："对，就这么干!"

于是，大家立即行动，拆的拆，装的装，战斗到 26 日中午，负荷试车终于成功了，出了第一炉铁水。

15时，厂领导亲临现场庆贺铸造车间如期开炉试生产。

当第二天大家都来上班时，虽然都面带胜利的喜悦，可又都悄然无声。

原来由于过度疲劳，大家连嗓子都嘶哑了，有的已经发不出声音来。

紧接着，4月20日，铸工车间又生产出第一炉可锻铁水。

7月，汽车后桥、汽缸体等第一批铸件相继浇注成功。

第一炉铁水的出炉，标志着铸工车间已胜利建成投产，为三年建成汽车厂打了一个前站。

土建安装工程顺利完工

1954 年 1 月，根据中央决定，一汽的施工任务交由建工部全面负责，将一汽已有的施工力量和主管施工的领导干部都调给建工部。

于是，建工部从华东、华北调来的上万名施工人员，一大批地县级领导干部，组成建工部直属建筑工程公司，下设 23 个职能处室、10 个独立的施工基层单位，并由建工部刘裕民副部长担任公司总经理。

从此，一汽与工程公司形成了甲乙双方的承包关系。

一汽的设备安装组织是由一机部所属的华东机电安装公司和沈阳、本溪安装公司三个公司的力量组成的。

1953 年末，成立第一机电安装公司，归一汽领导，属于自营方式；1955 年改为一机部直属第一机电安装公司，与一汽也形成了甲乙双方的承包关系。

当时，一汽的工厂设计是由苏联提供的，宿舍区的设计则委托国内有关部门设计。

其中，平面布置图由沈阳设计公司设计，上水道由长春自来水厂设计，下水道由长春市建设局设计，煤气干线由煤气公司设计，电气设计由电业局承担。

宿舍区的建设，以建工部直属工程公司为总承包单位，以长建公司、长春煤气厂、长春自来水厂、吉林电业局承装部等单位，分别负责施工。

1953年7月15日奠基典礼大会以后，按照苏联当时已经提供的五个场房的技术资料，木工场、辅助工场、有色修铸工场、锻工场等厂房都先后投入了土建施工，最后投入的是热电站主体厂房的土建施工。

热电站主体厂房开始施工之时，已经到12月16日。此时，正是长春最冷的时候，长春的气候已是滴水成冰，工人根本无法施工。

按照当时东北地区的常规，冬季是不能施工的，在当地称为"猫冬"。

但是，为了三年建成汽车厂，一汽的建设者们在方圆几十里冰封雪飘的工地上，住在四面透风的临时工棚里，克服了重重困难，打响了冬季施工第一炮。

在三九天刺骨的寒风中，施工人员照样爬上30多米的高空，绑扎钢筋，浇灌混凝土。

为了工作方便，工人们不得不脱去棉手套。那时，在零下几十度的低温下，工人的手一接触钢筋，就会粘去一层皮。

手指头冻得裂了大口子，他们就用胶布缠起来，咬咬牙，继续干。

庞大的吊车冻得不能发动，吊车司机就半夜起来，用炭火烤吊车。

结冰的道路太滑，司机们就用草垫子铺路，让吊车在冰道上畅通无阻。

土方工人刨冻土，冻土层太硬，一镐下去一个白点。他们就想办法先把地层掏空，运用"落锤松土法"，把大块犹如小丘一般的冻土挖出来，然后用拖拉机运往远处。

为了测量混凝土结构的温度，测量工作不仅要一小时一次爬上挂满冰块的 30 米高的柱子上，还要马上钻进热达 40 度的模板里面。

就这样，和冰雪奋战了一个冬天，提前完成了施工的任务。

1954 年，一汽建设进入了全面土建施工高潮，却又遇到了长春地区的多雨季节，6 至 8 三个月，每月平均降雨 13 至 16 天，如果把雨后停工的日数加在一起，仅雨季就有两个月不能施工。

于是，坚持雨季施工，又成了关系到三年建厂速度的关键问题。施工队伍打破了雨天停工的老习惯。

当时，全厂最艰巨、最复杂的铸工场的土方工程就是在雨季中挖出来的。

在施工中，共产党员刘万桂和刘学斌，坚持在雨天挖深坑，创造了每天挖土 14 立方米的惊人纪录，被称为"土方大王"。

砌砖工人也打破了雨天不能砌砖的框框，顶着大雨露天作业，宁肯自己挨浇，也要把雨衣、雨布脱下来，盖在砖墙上，防止暴雨把灰浆冲掉。

多雨的三个月里，雨天就有 44 天，但却完成了计划任务的 105% 。

从 1954 年下半年开始，为了要在 20 多万平方米封闭的厂房里开展第二年更大规模的冬季施工，施工人员采取了用火车头取暖的措施，这是当时广为流传的一桩新鲜事。

原来，在冬季施工中用火车头蒸汽取暖，是苏联动力专家基列夫正式提出的。听到建议后，饶斌厂长决定由动力处派人借调火车头。

一机部黄敬部长对此非常重视，亲笔起草了一个便函，指派基建司司长到铁道部联系，得到吕正操部长的大力支持。

8 月，铁道部就从南京、武汉、韶关等地，调出 8 辆蒸汽火车头，并由所在铁路管理局专人检修、点火运行，专人押送，于 10 月相继送到一汽施工现场。

用蒸汽机车取暖，必须进行改装，按原来设计的方案，必须直接在机车的锅炉上钻眼，引出接头连接采暖管道。但这样做对机车影响较大，以后修复也十分不易。

机车修理工冯玉田提出从机车的汽仓盖上钻孔连接管道，既省时，而且事后也容易修复。

于是，几台蒸汽机车，发出"嘶、嘶"的声响，冒着团团热气，把滚烫的蒸汽输送到施工现场，有力地保证了冬季施工任务的顺利完成。

1955 年 6 月 30 日热电站开始发电，同年 11 月，在"三通必通"的口号下，经过全厂职工和安装工人三个月的奋战，铺设电缆、热力管道、煤气管道的"三通"的

战斗任务已全面完成，煤气站、压缩空气站等动力网站也开始了试运转。

通过上万台动力设备仪表的同时运行，源源不断地把电力、蒸汽、煤气、压缩空气经过数万米的管路、电缆，输送到全厂各个车间。

经过努力，三年中土建安装工程成效显著，三年中，共完成建筑面积 70.2 万平方米；安装设备 7552 台（套）；完成总投资额 6.087 亿元。

在短短三年的时间完成这么大的工程，在新中国的建设高潮中也是罕见的。而土建安装工程的顺利开展也为一汽各个车间任务的完成提供了保障。

各车间顺利完成进度

1955 年，一汽的各个车间到处呈现的都是热火朝天的景象。

此时，伴随着建设工地上各工场土建施工、设备安装工程的快速进行，繁重而复杂的生产准备工作也在紧张而有序地展开。

由于各种设计技术资料都是来自苏联，生产准备工作的第一道工序就是翻译。当时，由苏联提供的产品图纸和技术资料有 5409 张，工艺装备图纸 16 942 套。

当各种设计技术资料到厂后，一汽就立即迅速组织翻译，并以这些资料为依据，进行各方面的具体准备工作。

专业俄语翻译人数不够，就组织技术人员突击学习俄语，参加资料翻译工作。当时的翻译科俄语翻译人员达 200 多人，是全厂最大的科室。

随着从苏联发来的资料越来越多，就分配到各主管部门对口管理。各类专业技术干部来厂后，都要首先学习俄语，以便直接阅读俄文资料。

工艺处的中央设计室是工艺装备和非标设备的设计部门，当时的主要任务却是要在很短的时间内把苏联提供的 10 万多张各种工装、非标图纸以及 200 多万字的技术资料转化为"中文版"，提供给各有关单位使用。

于是，描图和晒图工作一度成为全厂生产准备的"瓶颈"。那时的描图组共有 100 多人，多数是初、高中毕业生，也有一部分从北京、上海、武汉调来的描图员，大多数人的年龄在 18 岁上下。

为了保质保量地完成图纸的复制供应工作，在经过短期业务技术培训以后，就把 100 多名描图员分成 11 个小组，开展比学赶帮的劳动竞赛。

描图员于金玲带领小组成员创造了"大流水描图作业法"，改变了一人一张图的传统描法，把描图过程分成画边框、盖图章、画细线、打箭头、直虚线、曲虚线、直实线、曲实线、写字等若干工序，根据每个人的专长各自分担一道工序。

这种"大作业法"经普遍推广后，使描图效率比传统的方法提高了 50%。于金玲 1956 年出席了全国机械工业先进生产者代表会议，受到毛主席和党和国家老一辈领导人的亲切接见。

在当时，生产准备工作是一项复杂而细致的工程，自制的汽车零件有 2335 种，涉及 13 个基本生产车间、20 多个辅助生产和服务部门。

外购的 409 种协作产品分布在全国 16 个城市 46 个大小工厂，还有 16 种主要钢材、7 种有色金属的试制和大量原材料、辅助材料选点采购和准备工作。

为了控制好生产准备进度，根据苏联专家的建议，一汽采用了"设备安装进度表"和"生产准备情况记录表",即当时全厂有名的"一号表"与"二号表"。

通过填写"一号表""二号表",可以有效地控制生产准备进展情况,保证各方面的生产准备工作有序地进行。

从1955年8月开始,先建设的底盘、附件、金属品、木工、有色修铸等车间的生产准备工作率先进入了调整过程。

零件调整过程分成两个阶段进行:第一阶段以达到少数生产骨干掌握生产操作技术和调出少量合格产品为目的;第二阶段以达到具备转入正式生产的条件为目的。最后得出工艺结论,转入大批量生产。

调整工作是在苏联专家的指导下进行的,也凝结了工作在生产第一线的广大技术人员和生产工人的聪明才智和辛勤劳动。他们在调整中学到了苏联的先进技术和操作本领,涌现出一批先进人物。

底盘车间齿轮工部是最早进入调试阶段的单位之一,从事调整工作的生产技术骨干大多是20多岁的青年人,被当时的一汽厂团委命名为"青年工部"。

就是这样一批朝气蓬勃的青年人,在齿轮工艺组长李龙天同志的倡议下,开展了"百台次无事故"的劳动竞赛,在苏联专家还没有到达、一些机床还没到位的情况下,依靠他们自己的聪明才智和刻苦学习,率先调整出了合格的后桥齿轮。

在调整转入第二阶段以后，底盘车间齿轮工部又开展了学习工艺、贯彻工艺、超额完成苏联定额的竞赛活动，董桂清、王桂霞、郑坤等青年女工在一台外圆磨床上先后突破苏联定额，都成为先进生产者，在一汽被广泛誉为"一胎三状元"。

李龙天也被评为厂劳模，1955年9月被推选到北京参加了全国青年社会主义建设积极分子代表大会。

1956年开春，各个车间的生产准备工作都逐步进入了调整阶段，陆续调试生产出第一批合格的发动机、变速箱、底盘等。

1956年4月，党中央在北京隆重召开政治局扩大会议。

在会上讨论《论十大关系》时，毛泽东说："哪一天开会的时候，能坐上自己生产的轿车就好了！"

毛泽东一句话激起一汽建设者百倍的热情和干劲。各车间建设高潮再次涌现。

紧接着，各车间的喜报相继传来。下面是一份当时的记录：

> 4月2日，底盘车间开始按日产48辆份进行流水生产；
>
> 4月13日，锻工车间锻造出第一批曲轴；
>
> 4月23日，附件车间生产出第一批合格水箱；

建设高潮

4月29日发动机车间试装出第一台发动机带变速箱总成；

6月21日，弹簧车间以临时的弯曲淬火机代替十面淬火机，生产出合格的钢板弹簧总成；

6月28日，冲压车间利用苏联提供的大梁毛坯装出第一批车架总成；

7月10日，冲压车间六台大压床调试成功，生产出第一个驾驶室总成；

7月12日，各种零部件和外协件全部准备就绪。

各个车间的顺利完工，为第一辆汽车的下线提供了有力的保障。

第一批国产汽车下线

1956年7月13日，一汽崭新的总装线装配出第一辆解放牌汽车。

14日，第一批12辆解放牌国产汽车在欢声笑语和雷鸣般的掌声中徐徐驶出装配线。

第一批驶下生产线的解放牌汽车叫CA－10型，这是一款以苏联吉斯150为蓝本制造的汽车，它自重3900公斤，装有90匹马力、四行程六缸发动机，载重量为4吨，最大时速65公里，经过改进，它更适合我国的路况以及大规模建设的需要。

这标志着第一汽车制造厂的三年建厂目标如期达到，也标志着新中国从此结束了中国不能制造汽车的历史。

这是一项具有历史意义的壮举，顿时，辛苦了三年的一汽建设者们沸腾起来了！

7月14日上午，一汽在汽车工人俱乐部举行的庆祝建厂三周年和先进生产者代表大会。

在此次会上，大家一致通过了向党中央、毛主席的报捷信。信中写道：

敬爱的毛主席和党中央，我们第一汽车制造厂全体职工怀着万分兴奋的心情向您报告：

建设高潮

党中央关于力争三年建成长春汽车厂的指示，已经实现了！

今天，我们正以完成建厂任务和试制出一批国产汽车来热烈庆祝建厂三周年，我们正在积极做好各项生产准备，组织全面开工生产，保证以在第三季度内生产出250辆质量合乎要求的解放牌汽车的实际行动，迎接党的第八次全国代表大会的召开，并向今年的国庆节献礼。

庆祝会后，400多名劳模、先进工作者等，坐上新装配成功的解放牌汽车，组成报捷车队，与一汽全厂职工见面，驱车向省、市委报喜。

第一辆汽车降生的时候，它那清脆的喇叭声，震动了成千上万创业者的心灵。人们奔走相告，争先恐后地去观看我们自己制造的汽车。

于是，一汽全厂职工从四面八方会聚到中央大道，来观看自己亲手制造的第一批解放牌汽车。

顿时，中央大道成为欢乐的海洋。

人们望着披红戴花的一辆辆国产汽车，想着党和人民的期望，想着三年建厂的历程，不禁涌出激动的泪花。许多人抚摸着车上刻着中国字的国产汽车，感到无比的喜悦和自豪。

驾驶第一辆国产汽车的老师傅马国范更是激动。过去，他开了二十几年外国车，解放了，听说要建自己的汽车厂，造自己的大汽车，他谢绝了旧掌柜的挽留，毅然参加了建厂行列。三年间，他天天超额完成任务，年年被评为先进生产者。

新车将要下线时，组织上决定选派 12 名优秀的司机驾驶第一批国产汽车，他被选上了，而且是驾驶第一辆。他思前想后，怎能抑制得住眼里激动的泪水。

被选上的女司机王立忠，在报喜车队中驾驶着国产汽车，人们向她投出羡慕的目光，她永远忘不了那激动人心的时刻。

这一天，是汽车城的节日，12 辆报喜车绕厂一周后，浩浩荡荡驶向市区。

这一天，长春市也披上了节日的盛装，到处红旗招展，锣鼓喧天。

成千上万的人站在道路两旁，争先恐后地目睹国产汽车的风采。人们不断地向车队抛洒五彩缤纷的纸花，没有纸花的就拿高粱、苞米、谷子往汽车上抛洒。

在市政府门前，人们的感情达到了更为炽热的程度，路被人海堵住了，把汽车围了里三层、外三层，都争着喊着要坐车。连一道缝都没有，汽车走不了啦，只好在维持秩序同志的指挥下，用最慢的速度前行。

汽车载人有限，但人们对汽车的感情太热烈了，车厢里站满了人，脚踏板上也站上了人。

司机怕出危险，左劝右劝也劝不下去，许多人都想坐到车上去，有的人站在脚踏板上，有的人坐在翼子板上，就连前保险杠上也坐满了人。

7月份是大热的天，火辣辣的太阳晒得大家满头大汗，可谁也不肯下车。

一位白发苍苍的老大娘，非要坐一下我们国家制造的汽车，当汽车停下来让她坐一会儿后，她高兴地说："我可坐上咱们国家自己制造的汽车了，活得真值。"

12辆报捷车队的最后一辆坐的是工程师代表，当车子在欢呼声中行进时，兴奋之余他们回想起过去的历史，感慨万千。他们说，我们早就看到了汽车，也学习了怎样制造汽车，但是过去只能修配汽车，直到中华人民共和国成立后建设汽车厂，我们才找到了归宿。

被眼前热烈场面所感染，工程师代表们还兴致勃勃地凑起一副对联：

举国翘盼尽早建成汽车厂，
万人空巷人民争看解放牌。

马国范老师傅为开第一辆国产车又剃头又刮脸，他表露出的幸福心情被同行刘义注意到了，他把这件事告诉他搞文艺工作的哥哥，刘义的哥哥刘忠听后也激动不已，就编了一首歌词《老司机》，请作曲家先程谱了曲。

歌中唱到：

五十岁的老司机我笑脸扬，拉起了手风琴

我唠唠家常，想当年我十八岁学会了开汽车，摆弄那外国车我是个老内行，可就是没见过中国车啥模样，盼星星盼月亮，盼到了国产汽车真就出了厂哟嗬嗬……

　　这首歌流传很广，一时之间，成为当时脍炙人口的经典之作。

　　第一辆解放牌汽车的诞生，凝聚着全体建设者的辛勤汗水，也是党中央直接领导和高度重视的结果。

　　国产汽车第一个品牌"解放"牌的命名过程，更充分体现了这一点。

　　早在1953年下半年，援建一汽的苏联莫斯科斯大林汽车厂提出为新车命名问题，由孟少农转告到国内。当时的一汽厂务会多次研究，一机部也多次开会研究，并搞了征集活动，怎么定的有两种说法，一种说法是由段君毅将讨论和征集的若干名称向毛泽东做了汇报，毛泽东给新车起了个名字叫"解放"。

　　而后，就用毛泽东为《解放日报》题字的"解放"二字的手写体，由苏联莫斯科斯大林汽车厂放大后，刻写到汽车车头第一套模子上。

　　一汽作为国家"一五"重点建设工程，一直得到党中央和毛泽东的高度重视，从毛泽东和斯大林会晤确定了这个项目，到毛泽东亲自为新车命名"解放"，这是一汽人的骄傲，也是一汽人的特有的殊荣。因为由党和国家最高领导为一种产品命名，这也是绝无仅有的。

"解放"两字包含很深的寓意，也充分表达了翻身后中国人民的心声。

1956 年 10 月 1 日，第一批下线的解放牌卡车，参加了国庆阅兵式，之后一部分汽车在天安门被展出，在那里，无数群众争睹了国产汽车的风采。

第一批解放牌汽车的下线标志着历时三年，中国的第一个汽车制造厂终于建成了。

四、 投产运营

● 毛泽东高兴地说："终于坐上我们自己生产的小轿车了。"

● 汪道涵突然说："不好，看车我把时间忘了，我得赶去机场接外宾哩！"

一汽隆重举行投产典礼

1956 年 10 月 15 日，第一汽车制造厂隆重举行了开工典礼大会。

一汽一号门前的广场上，集合了两万多名由职工、家属和土建、安装工人等代表组成的欢腾的队伍。

大会主席台上，红旗招展，鲜花争妍，映衬着巨幅毛主席像和"开工典礼"四个大字，显得格外庄严。

满座的贵宾给大会增添了光彩。

大会由副厂长兼总工程师郭力主持。会议开始后，厂长饶斌致开会词。

接着，国家验收委员会主任委员孔祥须、中央第一机械工业部部长黄敬、建筑工程部副部长宋裕和、苏联汽车工业部副部长西里方诺夫、中共吉林省委书记赵林、长春市委第一书记宋清涵、汽车工业管理局局长张逢时、厂党委书记赵明新、苏联专家组组长希格乔夫以及职工代表等相继讲话。

接着，进行的大会献礼把会议推向高潮。

只见全场起立，掌声和音乐声响成一片，主席台左面徐徐驶出了一辆一汽生产的 000002 号"解放"牌汽车，这是以全厂职工名义为答谢苏联政府和人民对一汽的无私援助而赠送的礼物。

献礼之后，大会分别向苏联汽车工业部、李哈乔夫汽车厂和曾参加一汽建设的土建、安装部门等赠送了锦旗。

同时，大会收到许多贺电、贺信，苏联李哈乔夫汽车厂厂长还向一汽赠送了一尊铁质的象征捍卫和平武士的人像和一面锦旗。

最后，全体通过了给李哈乔夫汽车厂和国内兄弟协作厂、材料厂、基建单位的感谢信。

大会的召开标志着，经过三年大规模的建设，全国人民热切关注的第一汽车制造厂如期建成投产了，这是一件大喜事。

它向世人宣告，中国第一个汽车工厂建设成功了！眼前的景观充分展现，在这片土地上，短短三年发生了巨大的变化。

三年前，这里还是一片荒野，蒿草丛生，狐兔出没。日本侵略者留下的细菌工厂废墟，还遗留着断壁残垣。

是中国共产党领导下的建设者，驱走了昔日的荒凉，用汗水，用智慧，把腐朽化为神奇，把灾难化为福祉，让一个规模宏大的汽车制造厂在这里诞生，让一座宏伟壮丽的汽车城在这里拔地而起。

工厂区占地 150 公顷的面积中，建筑物总面积 38 万平方米，安装设备 7552 台，电气网络 1.87 万米，铁路专用线 27.9 公里。总计完成工程项目 55 项。

这里有高大宽广的十大工场：铸工场、锻工场、压制车身工场、摩托工场、底盘工场、木工场、辅助工场、有色修铸工场、模型工场、整径工场。

工厂一号大门坐南向北，一进大门便是宽阔的中央大道，大道中间是草坪和花坛。

中央大道两侧排列着主要生产厂房和车间。这里有生产汽车毛坯件的铸工车间、有色修铸车间、锻工车间；有将各种毛坯或钢材加工成零件、台件、总成的发动机车间、底盘车间、金属品车间；有用钢板经过冲压、焊接制成零合件、总成的冲压车间等等。

在中央大道中段附近主要厂区内，以西面的总装配车间为聚集点，从其他三面修建了各个车间通往总装配车间的空中运输桥和地下运输道。

各主要生产车间和库房，都有铁路支线，火车可以直接开进这些厂房或仓库。

工厂设计吸收了苏联汽车工业最新技术成就。各生产车间均采用了先进工艺、技术和先进的装备。

在十大工场中，厂房面积较大的当属辅助工场、摩托工场，一座座厂房里呈现的是钢铁的森林和机器的海洋，尤其是摩托工场和底盘工场，不但浩大宽广，而且技术装备先进，云集了全厂最主要的流水生产线，集中体现了现代化的汽车工业技术。

在全厂各条生产线中最吸引人的地方，莫过于总装配车间的那100多米长的汽车总装配线了。从各车间几百条流水生产线上生产的零合件、总成，汇集到这里。

在缓缓运行的总装线上，装配工人们操作着自动或半自动工具，把零合件及总成固定到底盘上，每隔六七分钟便有一台油光发亮的墨绿色解放牌汽车伴随着清脆的喇叭声，闪着耀眼的灯光，开出总装配线。

坐落在厂区西南方向的是动力区。这里有占地30万平方米的热电站，它与一号门遥遥相对，那一字排开的大烟囱和耸立在旁边的多边形冷却塔，展示了一汽的雄姿。它不仅把电、蒸汽等能源动力源源不断地输送给工厂，同时也为职工生活区提供全部能源，还向国家电网输送电力。

新建的生活区，宿舍楼鳞次栉比，环境幽雅，住宅楼之间有宽敞的绿化带、街心花园。

在通往厂区的林荫道上有有轨电车、公共汽车；街心广场周围有百货公司、新华书店、邮电局、银行。

一座装备先进、设施齐全的现代化汽车制造厂展现在人们面前。

按照规定，工程竣工后，要交付国家验收。这时，国家验收委员会的成员来厂进行了各项检查验收活动。

1956年10月14日，国家验收委员会在长春宾馆举行会议，讨论并批准了一汽基本建设工程鉴定书。验收的结论是：

> 整个工程质量良好。经过长期生产准备及临时动用的考验，一汽建设工程已经符合生产

要求，可以正式开工生产汽车。

后来，一位陪同验收的干部还专门填了一首卜算子回忆当时的情景，词中写道：

北国冰三开，一座车城现。"解放"飞轮遍九州，十亿黎民赞。

喜布运输网，更缩里程线。敢与异国较短长，誓教风云变。

开工典礼的胜利举行，标志着我国汽车工业基地——第一汽车制造厂已经胜利建成并宣告正式开工，全面投入生产了。全厂职工满怀喜悦的心情，以新的姿态投入到生产的战斗中。

一汽生产出第一辆轿车

1957 年解放牌卡车的生产稳定后，一汽就改变了策略，要加强产品开发力量。

于是，厂领导对技术部门做了一次大调整：将生产准备和生产部门的 30 多人调到产品设计处的各个技术科室。

同时，一汽还对设计处领导也进行了调整，原来的两名非技术人员处长被调往厂外，任命吴敬业为设计处处长，刘炳南、富侠和史汝楫为副处长。

3 月，一机部部长黄敬来到一汽视察。

一个星期天的上午，在一汽视察的黄敬让设计处四位处长，再加上党总支书记陈全和工程师叶智，到他住的招待所谈一汽产品发展问题。

会谈开始后，一汽的几个干部先向黄敬汇报了一汽的五年的产品规划，即 1957 年至 1962 年。

这个规划是在时任一汽副厂长兼副总工程师孟少农同志的提议下做的。实际上，1956 年解放牌卡车投产没多久，他就开始关注产品发展问题，并在一次生产例会上传达了上级领导的意图，要求设计处做出这个五年产品发展规划来。

听到汇报后，黄敬向一汽明确提出了三个任务：

　　一是载重车要改型；二是要上越野车；三
是要搞轿车。

　　与黄敬部长的会面，使一汽领导们再次明确了一汽
要发展的 6 个品种：解放牌载货车的改进型和派生型的
自卸车、牵引车和大客车，以及军用越野车和轿车。

　　同时，一汽也向黄敬提出了三个要求：

　　一是增加设计人员；二是增加设计部门工
作面积；三是调给我们轿车样车。

　　黄敬当场答应了一汽的要求。

　　当时，孟少农同志因肾炎在省立医院住院，没有参
加这次会见。

　　从黄敬部长住处回来，设计处干部立即赶到医院向
他汇报。孟少农听完后非常高兴，还绘了一张两排座轿
车的草图，表示要做一般普及型轿车。

　　回厂后，设计处干部分头行动。刘炳南负责解放牌
载重车的改型，富侠负责军用越野车，史汝楫则负责
轿车。

　　但在当时条件下，要做轿车谈何容易。轿车甚至连
样品都没有。

　　1956 年 6 月，史汝楫就带上发动机设计工程师胡同

勖去北京搜集资料。

到北京后，史汝楫也没找到像样的图纸和文件。史汝楫他们就在外国车中挑来挑去，最终挑了两款样车车型：一个是法国西姆卡 SimcaVedette，一个是美国福特 Zepher。

这是一种中档普通轿车，外形线条简洁明快，整体布局合理，性能优良可靠，成本造价经济适中，基本适合我国当时的条件和国情。动力系统上根据梅赛德斯－奔驰 190 的发动机，一汽匹配了自己设计的三挡变速箱。最高速度可以达到 128 公里/小时。

找好后，史汝楫回到厂里，向部里打报告，请求批准调拨。不到两个月，样车就运到了厂里。

于是，对轿车的设计开始了，在孟少农的带领下，设计处最终确定的设计原则是：底盘和车身设计参考法国西姆卡的 Vedette，发动机则仿照奔驰 190，车头标志确定为一条金色的龙，象征中华民族，车身后大灯为我国古代宫廷中使用的宫灯。变速器采用自己设计制造的三挡机械变速器。

在设计过程的每一阶段，孟少农都亲自审核把关。

有一次，孟少农陪清华大学教授宋镜瀛到设计处参观，看到了 1:1 的泥模型，宋镜瀛听说轿车还没有确定名字，就说，根据现代的年代，建议取名为"东风"。

孟少农当即表示同意，便将车名确定为"东风"。

这款车的车标为一条腾越的龙，它是吕彦斌设计的。

111

据吕彦斌后来回忆说：

> 我跑到故宫、颐和园和北海这些地方拍各式各样的龙，还找过梁思诚。龙是张牙舞爪的，车是流线的，放在一起不协调。一位工艺美院的教授帮忙画了流线型的龙，虽然看起来协调了，但不像龙了。于是我们最终还是采取常见的腾龙。

车内沙发面料为真丝东风锦、双凤锦和云幕锦，顶壁为素色的典雅华丽的天鹅绒，地板上铺的是民族图案的羊毛地毯。仪表盘采用光亮如镜的福州漆器，用象牙浅浮雕做旋钮开关。用北京景泰蓝和珐琅做烟具和把手。用金漆螺镶嵌做车顶框。

当时，设计处按照苏联汽车设计程序，做泥模，绘制总布置图，各种跳动图，然后绘制总成图，零件图。

轿车设计工作进展很快，不到半年时间，专家们就完成了设计图纸。第一辆东风牌轿车的试制，设计处用了不到一年时间。最初，设计处在车身侧面嵌上的是"第一汽车制造厂"几个字，结果一汽领导不同意，表示一定要加上"中国"两个字，所以后来东风样车上嵌的字就是"中国第一汽车制造厂"字样。

试制时，设计处还请来了上海汽车设计厂的技术工人，让他们参加设计。

1958 年 4 月初，全厂动员，加速试制，终于在 1958 年 5 月 12 日 5 时 30 分，第一辆东风样车开出车间。当时，所有参与设计和制造的工作人员都一夜没合眼，大家都在等待这一刻的到来。

也是这一天，一汽决定以东风样车向党的八大二次会议献礼。

5 月 21 日 9 时，东风样车准时开到怀仁堂门前，停在小花园内。

最初东风汽车上的"东风"是拼音，开到中南海后，有人提出怕被人误会为外国车。而第二天这个车就要送到党的八大会场了，要改，时间非常紧迫。

当时在一汽工作的年轻大学生李岚清，在北京连夜赶到灯市口，找修配厂的老师傅凿出"东风"两字贴到车上。

第二天，东风车被送到八大二次会议现场。

同时，一汽干部还将厂里事先印好的简要说明书，分送到参加党的八大的各位代表桌上，供他们参考。

当天 14 时，毛泽东来到小花园。

由于这时离下午开会还有一段时间，所以在场代表并不多，饶斌厂长正好有事外出。

毛泽东向东风样车走来，和一汽的干部们一一握手，并询问他们所从事的工作，一汽干部做了回答。

司机钱海贵忙打开车门，毛泽东在秘书长林伯渠的陪同下坐进轿车，围着花园跑了两圈后，在原地停下。

下车后，毛泽东高兴地说："终于坐上我们自己生产的小轿车了。"

第三天，周恩来来看车，看得最详细。周恩来问饶斌生产时有什么困难？设备、原材料行不行等情况。

后来朱德、贺龙、陈毅等中央领导也先后来看东风样车。朱总司令还坐着车围着花园转了一圈。

东风样车回厂后，全厂立即掀起大搞轿车运动。

第一辆红旗轿车诞生

1958 年夏初，从北京传来消息，北京汽车厂要试制高级轿车，准备向国庆十周年献礼。

这一下一汽领导就坐不住了，作为我国第一个汽车厂，一汽不能落后啊！

7 月 1 日，一汽提出"乘东风，展红旗，造出高级轿车去见毛主席！"的口号，当时试制时车身无图纸，就以油泥模型来取样板，制造车身钣金覆盖件，零部件试制以百里挑一的办法选择。

这样，一汽又掀起为中央首长做高级轿车的热潮。

设计开始后，首先得找样车。一汽设计处打听到，当时的汽车拖拉机学院有一辆美国克莱斯勒高级轿车，学院是把这个车用做教学的。

1958 年 6 月，一汽知道情况后，赶紧通过各种办法把这辆车借了过来。

后来，一汽又向欧洲购买美国凯迪拉克和林肯牌高级轿车后，将其中一辆林肯牌轿车归还汽车拖拉机学院，作为补偿。

根据口号"乘东风，展红旗，造出高级轿车去见毛主席"，一汽就给试制的这辆高级轿车定名为红旗。

由于时间紧，一汽设计人员就用"开庙会"的形式

来试制。把样车拆开，所有生产车间集中起来，大家抢认零部件，再回车间绘图制造或者直接照样制造。

对那些一时没办法解决的零部件，如液压变速箱阀体，发动机缸体和发动机的复杂部件，以及一些协作产品，一汽就暂时先装用原车件。

8月1日，经过一汽各车间的共同努力，仅用一个多月，一汽就试制出了第一辆红旗样车。

在这辆样车的基础上，一汽又开始了 CA72 型两排座的正式设计。

当时一汽又设法弄到一辆美国通用公司的最高级车三排座凯迪拉克、一辆美国福特公司的最高级车两排座林肯。加上周总理送来的雷诺 Dauphine 和朱总司令送来的斯柯达 440，再加上做第一辆红旗样车时的参考车型克莱斯勒帝国 C69，此时，一汽有了 5 款样车。

经过反复讨论，最终一汽设计者们开会确定了 CA72 的设计原则是"仿造为主，适当改进，自主设计"。

在当时，CA72 是高级轿车，设计开发起来难处很多。

CA72 的发动机设计就遇到了难题，其原型车克莱斯勒发动机采用的是时规链，容易磨损，而以当时国内的钢材质量和加工工艺，是无法制造出质量好的时规链的。

于是，设计部门便取消了这种做法，改用直接传动。

考虑到克莱斯勒发动机燃烧室和缸盖及气阀结构设计，都不及凯迪拉克发动机先进，经过仔细研究，设计者决心取长补短，以克莱斯勒缸体为基础，配上凯迪拉克的缸盖和气阀结构，重新组合设计。这样做的结果，不但解决了发动机的可靠性，而且新发动机的性能指标，也比克莱斯勒更好。

对于设计和试制中的难点部件，一汽设计部门还组织"三结合"突击队进行攻关。

当时，一汽共成立了 28 个突击队，突击活塞环、挺杆、凸轮轴摩擦副、活塞、高压油泵、减振器、雨刷机构、门锁机构、风窗玻璃升降机构等零部件。

对一些协作产品，则派设计人员到协作厂去，一起组织攻关队，如风窗玻璃、风扇皮带、火花塞、点火线圈、分电盘、化油器、雨刷电机和暖风电机等。

当时，一汽一边做东风，一边做红旗，厂里感到力量不够，便决定暂停东风，将正在进行的 300 余套东风模具半成品封存起来，全力以赴做红旗。

1959 年 4 月，一汽终于将首辆按图纸制成的 CA72 样车送到北京。

"红旗"轿车送到北京时，受到了热烈欢迎。

当时，在第一机械工业部看车时，副部长汪道涵突然说："不好，看车我把时间忘了，我得赶去机场接外宾哩！"

这时站在他身边的另一位干部说："坐他们的'红旗'去吧，每小时 160 公里。"

汪道涵刚才也听到过一汽员工报的数字，于是就高

投产运营

兴地说:"行!"

结果,本来可能要晚到的汪道涵,竟然提前到达了机场,红旗轿车再次赢得了大家的信任。

这年国庆前,一汽将30辆红旗牌高级轿车和2辆检阅车送往北京,向国庆十周年献礼。

从此,红旗CA72在社会上公开露面。

50年代,在极端困难的情况下,在党中央的坚强领导下,在一穷二白的基础上,中国人民经过艰苦奋斗,成功地用3年的时间建成了新中国第一个汽车制造厂。

同时,第一汽车厂承担了推动中国汽车工业发展的动力,实现了中国人多个梦想:第一辆载重汽车、第一辆轿车、第一辆越野车⋯⋯

本书主要参考资料

《我的汽车生涯》 陈祖涛 欧阳敏著 人民出版社

《江泽民在一汽的岁月》 一汽档案馆编 人民出版社

《国史全鉴》 本书编委会编 团结出版社

《共和国五十年珍贵档案》 中央档案馆编 中国档案出版社

《开国领袖毛泽东》 王朝柱著 中国戏剧出版社

《中国现代史资料选辑》 彭明主编 中国人民大学出版社

《一汽创建发展历程》 全国政协文史和学习委员会编 中国文史出版社

《郭力同志纪念文集》 中国第一汽车集团公司编 人民出版社

《徐元存纪念文集》 中国第一汽车集团公司编 人民出版社

《红旗》 中国第一汽车集团公司编 北京理工大学出版社

《共和国开国岁月》 张国星 何明著 中共党史出版社

《长子的性格—汽风采录》 曹正厚著 吉林人民出版社

《一汽厂志》 第一拖拉机制造厂厂志总编辑室编 内部发行

《红日高照汽车城》 第一汽车制造厂工人创作 吉林人民出版社